periscopio

TRECE AÑOS DE BLANCA

PREMIO EDEBÉ
DE LITERATURA
JUVENIL

AGUSTÍN FERNÁNDEZ PAZ

TRECE AÑOS DE BLANCA

PREMIO EDEBÉ
DE LITERATURA
JUVENIL

edebé

Novela ganadora del Premio Eedebé de Literatura Juvenil, (II edición) según la resolución del jurado compuesto por: Teresa Mañá, Modest Prats, Robert Saladrigas, Emili Teixidor y Carlos Zamora.

Título original: *Trece anos de Branca*

Paseo de San Juan Bosco, 62
08017 Barcelona
www.edebe.com

Atención al cliente: 902 44 44 41
contacta@edebe.net

Directora de Publicaciones: Reina Duarte
Diseño de las cubiertas: Book & Look
Fotografía de la cubierta: AGE Fotostock
Traducción: Rosa M.ª Vilariño

25.ª edición

ISBN: 978-84-236-7678-1
Depósito legal: B. 145-2011
Impreso en España
Printed in Spain
EGS - Rosario, 2 - Barcelona

A Inma y a Mariña.
A Kevin Arnold (y también a Winnie).

Y a Xosé M.ª Cabarcos,
que me enseñó sus palomas.

Índice

1. Seis semanas sin salir

Como todas las noches, Blanca cogió el calendario que estaba encima de la mesilla de noche y tachó con rotulador rojo la fecha correspondiente a aquel día. Era una operación que se repetía desde hacía algo más de una semana, desde la tarde en que había escuchado las palabras con las que don Carlos, el médico que había venido a reconocerla, le había resumido así la situación a su madre:

—Hepatitis. Los análisis han confirmado mis sospechas. Tiene las transaminasas muy altas, lo que quiere decir que se trata de una hepatitis vírica. Debe comenzar el tratamiento a partir de hoy mismo: reposo absoluto, por lo menos durante cinco o seis semanas, y un régimen de comidas que ahora le voy a indicar.

A Blanca, que había oído desde la cama la conversación que su madre y el médico mantenían en la habitación contigua, se le vino el mundo encima. Fue el veintiocho de abril, allí estaba remarcado en el calendario. «Aunque, en realidad, ya debería haber tachado los cinco días anteriores», pensó. Porque ya los había pasado en cama, creyendo, tanto ella como sus padres, que lo que tenía era una vulgar gripe de primavera, de ésas que se curan con un par de días en la cama y unas aspirinas. Pero su madre había empezado a desconfiar, extrañada de que la fiebre no desapareciera, de la alarmante falta de apetito y, sobre todo, de aquel color amarillento que se iba apoderando de los ojos de Blanca. Llamaron al médico y éste, después de examinarla, ordenó realizar los oportunos análisis. Y los resultados, por lo que parecía, no ofrecían lugar a dudas.

Blanca había comenzado a ser consciente de lo que le esperaba cuando su madre se sentó en la cama, a su lado, y le explicó brevemente en qué consistía la enfermedad y lo que tenía que hacer para curarla. Se trataba de una inflamación de hígado, producida por un virus, que tenía una curación lenta y laboriosa. Debería guardar reposo absoluto en la cama durante dos semanas y pasar después un tiempo de convalecencia, en el que se podría levantar y andar a ratos por la casa, pero sin hacer esfuerzo alguno, hasta completar el mes y medio del que había hablado don Carlos. Y seguir, además, un régimen de comidas muy severo, con dieta blanda, del que debían desaparecer completamente las grasas. Un régimen de alimentos cocidos y abundantes verduras.

Después, ya la propia Blanca se había encargado de consultar las dos enciclopedias que tenía en casa y, sobre todo, un grueso volumen de medicina que su padre le había traído de la biblioteca. Y así, durante aquellos primeros días, se informó a fondo sobre su enfermedad. Descubrió todas las funciones del hígado, que ya habían estudiado en la clase de Ciencias Naturales y que eran tan importantes, y a las que no había prestado demasiada atención. Y cayó en la cuenta de que, en el fondo, tenía suerte, porque la suya era una hepatitis vírica del tipo A, que se cura fácilmente y presenta menos complicaciones que otras.

Con el calendario en la mano, Blanca repasó aquellos primeros días en la cama, cuando hubo de acostumbrarse a convivir con aquella enfermedad que iba a ser su compañera por tanto tiempo. La primera semana la había pasado mal y se sentía sin ganas de hacer nada, tan sólo quería dormir y dormir. La idea de pasar casi dos meses en cama... («Abril-mayo, mayo-junio. Cuando sane, ya casi estará acabando el curso. ¿Y qué hago yo entonces?»)... Se hacía insoportable. Después, se habían abierto paso su vitalidad y su optimismo y había decidido afrontar con paciencia y coraje aquella larga etapa de inactividad.

Además, desde hacía dos días no tenía fiebre y había empezado a recuperar el apetito. Al mismo tiempo, su piel había adquirido un acentuado color amarillento, que provocaba los chistes de su familia y de los amigos que venían a visitarla. Eran los síntomas de superación de la primera fase de la enfermedad, la más peligrosa. Ahora sólo quedaba esperar a que su hígado se fuese recuperando con el paso del tiempo.

Su amiga Raquel venía a visitarla todas las tardes y la informaba puntualmente de lo que ocurría cada día en el colegio. Blanca siempre esperaba con impaciencia que dieran las seis de la tarde, la hora en que Raquel, de regreso a su casa, se detenía a visitarla. Y aunque las dos muchachas eran muy amigas, la razón fundamental por la que Blanca deseaba ansiosamente aquellas visitas era bien distinta de la que sus padres, e incluso su amiga, sospechaban: Raquel era la única persona que le podía proporcionar, aunque sólo fuese de pasada, alguna noticia acerca de Luis.

Para averiguar algo, procuraba hacer las preguntas con disimulo, entre otras que se referían a los más variados asuntos, de modo que Raquel tampoco llegase a sospechar nada. Además, Blanca, dada su condición de delegada de la clase, contaba con una coartada perfecta para hacer las preguntas que le interesaban. Aunque las respuestas de estos días trajeran, inevitablemente, tan malas noticias, que la dejaban desazonada y triste.

Cuando acabó de tachar la fecha correspondiente al siete de mayo, Blanca no pudo evitar una sensación de tristeza. Éste había sido para ella un día muy especial, un día en el que se había hecho más patente que nunca la imperiosa necesidad de ver a Luis y hablar con él. «Siete de mayo de 1992, mi cumpleaños, el día de mis trece años. ¡Tanto tiempo esperando este día, para ahora tener que pasarlo aquí, en la cama!»

2. *Revolviendo en los recuerdos*

En casa habían hecho lo posible por alegrarle el día y prepararon una celebración todavía mejor que la de años anteriores. Por la mañana, su padre, su madre y también su hermano Daniel habían ido a despertarla, con los regalos que tenían para ella.

El regalo de sus padres venía en un paquete enorme, que abrió con cierta emoción. Dentro había un conjunto de ropa precioso, ya de verano. Tenía una falda pantalón, bastante corta, con un dibujo de flores diminutas, azules y blancas, sobre un fondo de color azul suave. Y a juego, una chaqueta del mismo color azul que la falda pantalón. Además, el conjunto se complementaba con una camiseta de algodón también de color amarillo coordinada con la tela de la falda. ¡Una chulada!

Una sombra de tristeza había pasado por los

ojos de Blanca, al pensar en el tiempo que aún tardaría en poder estrenarlo. Su madre debió de adivinar este pensamiento, porque estaba claro que la quería animar con sus palabras. «Si todo va bien, a finales de junio estarás complemente curada, así que puedes estrenarlo para las fiestas del Carmen. O antes, si quieres, porque con lo que estás creciendo en seguida se te quedará pequeño.»

Su hermano le había comprado una carpeta preciosa, con separadores, de las que tanto le gustaban. «Y la he comprado con mis ahorros, que conste», había dicho Daniel. A pesar de que siempre andaban como el perro y el gato, Blanca le dedicó entonces la mejor de sus sonrisas y después dio un beso a aquel trasto de nueve años que tanto la hacía rabiar a veces.

Aunque ella no había mostrado mucho entusiasmo, sus padres habían invitado a toda la pandilla a una fiesta como la que se hacía cada año por esta fecha. Y no faltó ninguno de sus cinco amigos: Raquel, Fátima, Ana, Enrique y Arturo. Todos habían acudido, tratando de alegrarle aquellas pocas horas. Le habían llevado regalos, habían participado en el ritual de soplar las velas y de cantar *Cumpleaños feliz,* se comieron la sabrosa merienda que había preparado su madre, habían bebido refrescos en abundancia, habían contado chistes y anécdotas de la escuela alrededor de su cama...

Blanca también se había reído, aunque por dentro pensaba en lo distinta que estaba resultando la fiesta de lo que ella había soñado, en las semanas anteriores a la enfermedad. Pero así estaban las cosas y tuvo que aceptar que Luis no hubiera estado allí, con los demás amigos, deseándole también un día feliz. Aunque ella estaba segura de que, en la terraza del palomar, su amigo estaría en ese momento pensando en ella.

Sobre las nueve, la pandilla ya se había ido. Todo había sido más breve. En años anteriores, salían juntos a sentarse en los bancos del parque o en alguna de las cafeterías de la plaza, y continuaban allí la fiesta. «Quizá es lo que están haciendo ahora mis amigos», pensó Blanca, «riéndose de este color amarillento que me hace parecer una japonesa».

Desde la cama, escucharía el ir y venir de

sus padres recogiendo y limpiándolo todo en la cocina. Encima de la colcha, estaban los regalos que sus amigos habían traído. «¡Otro muñeco más para la colección! Tengo tantos que ya no encuentro sitio donde colocarlos.» Se trataba de un dinosaurio, de cuello largo y cara amable, que recordaba a los dragones de los cuentos. Era el regalo de Raquel. Enrique le había regalado tres libros, previa consulta con el padre de Blanca, para saber si ya los había leído o no. («Porque no resulta fácil regalarle libros a la hija del bibliotecario», había dicho su amigo.) Parecían interesantes y llegaban oportunamente, pues en estos días lo que le sobraba era tiempo para leer. Arturo y Fátima le habían regalado un *walkman;* sabían que lo quería desde hacía tiempo. Así podría escuchar sus cintas preferidas sin molestar para nada a sus padres.

El regalo de Ana la había desorientado, quizá por inesperado. Se sintió decepcionada cuando abrió el envoltorio, aunque puso cara de satisfacción, para no molestar a su amiga. ¡Un álbum de fotos! ¿Y qué demonios pensaría Ana que iba a hacer con un álbum de fotografías?

Blanca pronto comprobó que en la vida hay gustos para todo, porque su madre manifestó estar encantada con aquel regalo. Ya lo había dicho delante de todos, pero ahora, cuando entró en su habitación y vio a su hija con el álbum en la mano, comentó:

—Me gusta mucho este regalo de Ana, mira que ha tenido gusto. Así puedes entretenerte estos días colocando y clasificando todas tus fotografías.

—¡Mis fotos! Pues ya me dirás qué fotos puedo poner aquí —respondió Blanca con escaso interés.

—Mujer, en casa hay un montón de fotos en las que estás tú, desde la época en que aún eras un bebé. Las puedes encontrar en los cajones y mezcladas con las nuestras. Para empezar, te voy a traer la caja y coges todas en las que estás tú. Verás cómo empleas más de una tarde en ordenarlas bien.

Su madre salió de la habitación y al rato volvió con lo que en la familia se conocía como *la caja de las fotografías*. Se trataba de una hermosa caja metálica, pintada con colores verdes y dorados, que su padre había comprado un día porque le recordaba las latas en las que, cuando era niño, se vendía el dulce de membrillo. La madre la dejó encima de la cama de Blanca. La muchacha la cogió y abrió la tapa. Estaba repleta de fotografías. Las había en blanco y negro y en color. En alguna de ellas, muy antigua, era perceptible el paso del tiempo. Blanca comenzó a ojearlas con una sensación extraña, que nunca había tenido. Por primera vez adivinaba claramente que también el tiempo pasaba para ella, y que alguna de aquellas imágenes la transportaba a momentos ya sepultados en su memoria. «Es como estar revolviendo en los recuerdos», pensó.

3. Un puzzle para mi vida

No creía que hubiera tantas fotografías mías por casa. Anoche, en la caja que me dejó mamá, encontré un montón. Había muchas, sobre todo de cuando era pequeñita, de las que ya no me acordaba para nada. Después, con ayuda de Daniel y de mamá, aún hemos ido localizando más, algunas en los sitios más insospechados: en los cajones del mueble de la sala, en el despacho donde trabaja mamá, en la caja de las facturas, en el escritorio del cuarto del ordenador, en los bolsos que mamá guarda en los altillos del armario... ¡Buff! Y eso sin contar las que tengo escondidas en mi mesita de noche, que, por supuesto, algunas son *top secret*.

Ayer por la noche no tenía sueño, pero papá me dijo que apagara la luz y procurara dormir, que por ese día ya era suficiente. Obedecí y estuve en la cama con la luz apagada aunque no conseguía conciliar el sueño y lo que realmente me apetecía era seguir mirando y revolviendo entre tanta fotografía.

Debí de estar mucho tiempo en vela, porque hoy por la mañana me he despertado tarde. Mamá ya se había ido al instituto y Daniel a la escuela. Después de que papá me trajese el desayuno, cogí de nuevo las fotografías y he pasado toda la mañana a vueltas con ellas. Se me ha pasado el tiempo volando, no como otros días en que las horas se me hacen eternas.

Papá, extrañado de que no lo estuviera llamando a cada minuto, igual que otras mañanas, se ha presentado varias veces en la habitación para ver lo que hacía.

—Parece que te gusta la historia de las fotografías, ¿verdad? —me dijo, viéndome tan concentrada.

—Sí que me gusta —contesté, con tanto ánimo que yo misma me sorprendí—. Y me ocurre algo curioso, ¿sabes, papá? Al ver muchas de estas fotografías, recuerdo más o menos cuándo me las hicieron, pero no me dicen nada. En cambio, hay otras que me pongo a mirarlas y, ¡zas!, de pronto se me aparecen un montón de recuerdos. En algunas, incluso puedo recordar las sensaciones y pensamientos que tuve aquel día. ¿Me entiendes?

—Sí, Blanca, claro que sí. Es como en los cuentos, cuando se destapa la botella y sale el genio que estaba dentro, expandiéndose por el aire. Sólo que a ti, en lugar de un genio, se te aparecen los recuerdos.

—Ahora he pensado en seleccionar las mejores y ponerlas en el álbum —dije sin hacer caso de las bromas de papá; a veces me habla como si aún fuera una niña pequeña—. Y creo que me va a quedar muy bien.

—Puedes organizar una especie de biografía personal con ellas. Algo así como una película de tu vida a través de las fotografías. ¿Qué te parece? —concluyó papá, mientras salía de la habitación.

Mi padre siempre anda con esa manía de las historias y de las novelas. No sé, supongo que será por estar todo el día metido entre libros, en casa y en la biblioteca. Pero en este caso tiene razón. Además, es curioso, antes de que él lo hubiera dicho, yo ya tenía la misma idea aunque no lo expresase con esas palabras. Porque todas estas fotografías esparcidas encima de la colcha parecen las piezas de un puzzle. E, igual que en un puzzle, tal vez todo consista en ir escogiendo las piezas, una a una, e ir colocándolas hasta darle una forma adecuada. Hasta componer, una vez dispuestas en su sitio, la imagen de los años vividos hasta ahora. Incluso le podría poner un título: *Trece años de Blanca*. ¡Huy, no, ridículo! «Más cursi que un cerdito con lazos», como diría Arturo.

Lo que está claro es que no me van a caber todas en el álbum. Aun poniendo en cada hoja tres o cuatro, tengo aquí fotografías al menos para dos álbumes. Pero ya sé lo que haré. Colocaré primero las que me dicen algo, aquellas que mejor despiertan las cosas que he vivido. Y después, en las hojas sobrantes, pondré las otras.

Supongo que estaría bien que este álbum tuviese hojas secretas o invisibles, porque hay fotografías que no sé cómo colocar. Por ejemplo, las que tengo guardadas en la mesilla de noche, las fotografías en que aparece Luis. Tendré que inventar alguna manera de esconderlas, si no quiero que papá y mamá vean el álbum y me acribillen a preguntas.

¿Qué estará haciendo ahora Luis? El martes próximo se celebra el Consejo Escolar en el que, según me ha contado Raquel, tratarán su expulsión del colegio. Y yo no podré asistir. Hace ya casi veinte días que lo echaron preventivamente, y ahora quieren expulsarlo oficialmente, hasta final de curso. ¡Qué injusticia! Y lo peor de todo es que ni a Raquel se lo puedo contar; seguro que tampoco ella me creería. Pensaría que es una treta mía para protegerlo. Y si me creyese, ¿cómo podría demostrar que es una expulsión injusta? Es la palabra de Luis contra la de la *Víbora,* y siempre la creerían a ella.

Bien mirado, casi tendré que estar agradecida a esta hepatitis que me permite estar lejos del colegio, de los profesores, del Consejo Escolar y de tantos problemas a la vez. «¡Que paren el mundo que me bajo!», dice a menudo mi padre, medio en broma, medio en serio. Pues esa misma sensación era la que sentía yo los últimos días en el colegio, situada en el centro de los problemas, por ser la delegada de la clase, y sabiendo que no podía hacer nada ante tamaña injusticia. Claro que, si no fuese así, Luis no me habría contado nunca las cosas que me confesó aquella tarde en el palomar.

Yo no sabía que las personas podían llegar a ser tan malvadas. Bueno, saber lo sabía; por lo que te cuentan, por lo que lees, por lo que oyes. Lo que quiero decir es que jamás había visto la maldad tan cerca de mí, no creía que una persona pudiera llegar a ser capaz de cometer semejante vileza. Y menos una profesora, que en teoría parece que está para formarnos. Por muy mal que le caiga Luis, lo normal es suponer que tendrá un comportamiento honrado. Es impensable una ojeriza tan grande como la que le tiene.

¡La verdad es que estoy hecha un lío por dentro! No me extraña que papá y mamá se enfaden a veces conmigo, porque yo misma soy la primera en no entenderme muchas veces, ya lo reconozco. Tengo que aprovechar este tiempo que pasaré metida en casa para pensar en tantas cosas que me andan dando vueltas en la cabeza. En la cabeza y en el corazón. Acerca de mí y de mis padres, sobre cómo será mi vida, sobre los problemas del colegio, sobre Luis... ¿Por qué se me pasan las horas pensando en Luis? Me resulta tan agradable cerrar los ojos y ver su cara, imaginar que está aquí, a mi lado, y que hablamos horas y horas, y que me lleva otra vez a ver las palomas...

Pues ya está, decidido. Este álbum será el pretexto para dar un repaso a los trece años que ya he cumplido. A ver si así, ordenando las fotografías, acabo por ordenar también mi vida y todas las cosas que me dan vueltas en la cabeza.

4. Una amiga muy alta

¡No sé con qué foto empezar! Siempre me cuesta iniciar las cosas. Me sucede lo mismo cuando tengo que hacer una redacción en el colegio; para escribir las primeras líneas lo paso fatal. Y, sin embargo, después de redactar los primeros párrafos, todo va fluyendo con facilidad.

¿Por cuál empiezo? ¡Ésta, ésta será la primera que coloque! La fotografía en la que estamos mi madre y yo, al lado de la dracaena. ¡Cuánto había crecido aquella planta! Papá la midió cuando se marchitó y, desde el comienzo del tallo, creo que tenía un metro, noventa y dos centímetros. A su lado mamá parece más pequeña y yo, no digamos. Claro que esta fotografía es muy antigua, precisamente tiene la fecha detrás: 23-5-88. Ya han pasado cuatro años.

Claro que cualquiera que mire el álbum y la vea aquí, en primera posición, dirá que éste no es el mejor modo de empezar la película de mi vida, con una fotografía en la que tengo ya nueve años cumplidos. Pero todo tiene su explicación. Las cosas no son como aparentan.

Recuerdo perfectamente el día en que la hicimos. Antes habíamos estado mamá y yo limpiando la dracaena, hoja por hoja, hasta dejarla lozana como nunca. Después mamá se había puesto el vestido rojo, que le sentaba tan bien y que tanto me gustaba, y me había ayudado a escoger la ropa que me pondría, el conjunto aquel tan bonito que hace ya años que no me sirve. Y después papá nos había sacado varias fotos, primero con la planta, y finalmente a las tres juntas: mamá, la dracaena y yo. Ésta es la primera fotografía. La fotografía que va a iniciar mi álbum.

Recuerdo también, ¡cómo no recordarlo!, el día en que mamá me explicó la razón por la cual, entre tantas y tantas plantas que teníamos en casa, algunas mucho más bonitas, sin embargo sus mejores cuidados eran para la dracaena, de la que no se puede decir que sea una planta que destaque por su belleza. En todo caso, por la altura; eso sí, porque era sin lugar a dudas la más alta de las que teníamos en casa.

Era un sábado por la tarde y papá no estaba, creo que había ido a una reunión a Santiago. Daniel era todavía pequeño y dormía la siesta. Estábamos en la sala mamá y yo, ella limpiando las plantas y yo jugando con las muñecas encima de la alfombra. Y mientras removía la tierra de la dracaena, me volvió a repetir lo que ya había escuchado tantas veces:

—Esta planta tiene tu misma edad, Blanca.

Ese día, no sé bien por qué, no me conformé con mirarla y devolverle la sonrisa. Así que le pregunté:

—¿Cómo sabes que la planta tiene mi edad?

—Porque cuando tú naciste, también ella acababa de nacer, así de fácil,

—¿Y por qué la mimas tanto? En casa hay otras mucho más bonitas, pero todo el mundo nota que le dedicas más tiempo a ésta que a las demás.

Mi madre, en vez de despacharme con un comentario cualquiera, se me acercó y se sentó conmigo en la alfombra. Después me dijo:

—Es verdad que a esta planta le tengo más cariño, y tú tienes toda la culpa, hija mía.

—¿Por qué?

—Verás, cuando naciste, tuvimos muchas visitas. Un nacimiento es como una fiesta, hay mucha gente que se alegró con tu llegada. Y al poco de regresar del hospital, ya sabes que entonces vivíamos en un piso en Santiago, vinieron a verme unas amigas mías con las que antes había colaborado en muchas cosas, antes de que tú nacieras. Y el regalo que me trajeron fue la dracaena. Era pequeñita, mucho más que tú, y necesitaba también muchos cuidados. ¡Erais las dos recién nacidas de la casa!

—Pues ahora es mucho más alta que yo —dije.

—Y que yo, que ya me sobrepasa —respondió mi madre—. Las dos habéis ido creciendo, pero ella lo hizo con más rapidez. Ahora ya se ha hecho vieja, no creo que pueda durar mucho más. Ya ves que el tallo no sostiene la planta, y hubo que sujetarla con estos tutores.

—Vieja, no es. ¡Si sólo tenemos nueve años!

—Ella está en las últimas. Para una planta,

nueve años es muchísimo tiempo. En cambio, para ti, nueve años no significan nada. ¡Aún tienes toda la vida por delante!

Ahora sé más cosas y puedo entender mejor a mamá. Sé muy bien quiénes eran las mujeres con las que antes trabajaba tanto, cuando vivíamos en Santiago. A veces hablamos de aquellos años, pero casi nunca me quiere contar cosas de su vida. Siempre da vueltas a las historias de cuando yo era un bebé. Pero sé muy bien que, antes de casarse con papá, formaba parte de un grupo de mujeres, un grupo feminista. Se llamaban *Camino violeta,* y debe de ser cierto que trabajaban mucho. En el cuarto del ordenador, en uno de los estantes, hay una carpeta repleta de recortes de periódico. Son recortes antiguos, pero lo parecen aún más, porque el papel de periódico se vuelve amarillo muy pronto, como si hubiese pasado mucho tiempo. Y, en muchos de esos recortes, se lee el nombre del grupo. Por lo que contiene la carpeta, se ve que organizaban charlas, sesiones de cine, publicaban artículos... Incluso hay dos entrevistas que le habían hecho a mamá, que leí completas un día que me quedé sola en casa; pero mamá ha debido de cambiar mucho, no la reconozco en aquellas respuestas.

A mí no me gusta nada recordar algunos sucesos de aquellos años en los que vivíamos en Santiago. Ellos creen que no me acuerdo de nada, porque vinimos para aquí cuando yo tenía siete años. Pero me acuerdo perfectamente. Vivíamos en un piso pequeño y oscuro; entonces papá no tenía trabajo y era él quien nos atendía a Daniel y a mí. Y ahora comprendo que papá y mamá debían de tener muchos problemas entre ellos. Recuerdo una época, tendría yo cinco o seis años, en la que, desde mi habitación, los oía discutir, riñendo en voz baja. Debían de creer que tanto Daniel como yo estábamos dormidos. Daniel dormiría, supongo, pero yo no, porque recuerdo cómo a veces me entraba una angustia tremenda y me tapaba la cabeza con las sábanas para no oír y permanecía así, quieta, hasta que me vencía el sueño.

Ellos no me cuentan nada de los conflictos de aquellos años y quizá hagan bien, ahora también discuten a veces, pero es distinto, observo que se llevan mucho mejor. Me parece, por lo que voy deduciendo de conversaciones sueltas, que las cosas empezaron a mejorar cuando a mamá le dieron la plaza en el instituto y nos trasladamos a Pontebranca. Y al poco tiempo fue cuando papá consiguió el puesto de bibliotecario. Algún día tendré que decirle a mamá que me cuente cosas de aquellos años. Creo que tengo derecho a pedírselo.

Pero me estaba acordando de la dracaena, no de sucesos tristes. Esta fotografía la hicimos gracias a mí. Recuerdo que, unos días después de la conversación que había tenido con mi madre, le dije que teníamos que sacarnos una fotografía con la dracaena, pues cualquier día se moriría y quería conservar un recuerdo de aquella planta que había ido creciendo conmigo. A mi madre le pareció una idea excelente y aquella misma tarde, después de comer, hicimos esta fotografía.

La dracaena aún duró casi dos años más. Murió, este invierno no, el anterior. Se fue secando, secando, y un día ya sólo conservaba el color verde en las hojas de arriba. Después esas hojas se secaron también, y el tallo se fue volviendo de color marrón y no quedó más remedio que reconocer que la planta estaba muerta.

A todos nos dio algo de pena. Mi madre fue quien más se disgustó, pero en seguida le puso remedio. Una tarde fuimos juntas a un vivero de plantas que hay cerca de aquí y compró una dracaena nueva, muy chiquita. Arrancó después la planta muerta, con mucho cuidado sacudiéndole la tierra de las raíces. A continuación, cogió la planta pequeña, la sacó limpiamente del tiesto que traía, con tierra y todo, y la plantó en la misma maceta en la que había estado la otra, aunque se podía observar que le quedaba enormemente grande. Se lo dije, pero me contestó:

—No te preocupes, que si crece tanto como la otra, pronto necesitará toda esta tierra.

La planta está ahora en la sala. Desde aquí, desde la cama, no puedo verla; pero si cierro los ojos, sí que la veo. Es verdad que crece, se ha desarrollado mucho durante este año y pico que lleva en casa. ¡De continuar así, también ésta va a ser más alta que yo!

5. La fragancia de los membrillos

De entre todas las fotografías que tengo de aquel verano interminable que pasamos en casa de la abuela, ésta es mi preferida. La miro, cierro los ojos, y aún soy capaz de sentir el perfume que inundaba toda la casa cuando mamá Raquel se encerraba en la cocina y pasaba la tarde haciendo el dulce de membrillo.

Sucedió en el verano de mis seis años. Aún vivía mi abuelo, que murió hace tres. Ahora mi abuela vive sola y sigue haciendo el membrillo todos los otoños. Siempre nos dice que de ninguna manera abandonaría su casa. Algunas veces, sobre todo en el invierno, toma el autobús y se viene a pasar unos días con nosotros. Cuando viene, le dejo mi cama y duermo en el sofá que tenemos en la sala. Me gusta mucho que venga, pero me gusta mucho más ir a su casa. Ahora vamos en contadas ocasiones, algún fin de semana que otro, y casi siempre regresamos el mismo día. No es como antes, cuando pasábamos allí todas las vacaciones. No sé por qué, pero muchas veces creo que nunca seré tan feliz como en los meses en que viví en casa de la abuela.

Digo que fue un verano, pero pasamos mucho más tiempo, desde abril hasta octubre, según me ha contado mamá. Papá no estaba, era cuando andaba con la compañía de teatro; aún hay fotografías en casa de sus años de actor. Papá y mamá nunca cuentan nada de aquella época, parece que les da vergüenza acordarse de aquellos tiempos, que debieron de ser difíciles para ellos. Antes me daba igual, pero ahora siento verdaderas ganas de saber cómo fue su vida. Y como siempre me contestan con evasivas, tengo que ir relacionando todo a partir de las cosas que escucho, en medio de otras conversaciones, para saber con certeza algo de lo que les pasó.

A mí me parece que por aquel entonces papá y mamá tenían muchos problemas; por lo que oigo a veces incluso debieron de pensar en separarse. Mamá no tenía trabajo fijo y papá estaba siempre fuera de casa, con las actuaciones del grupo. Yo ya era mayorcita, pero Daniel tenía sólo unos dos años.

Por eso, mientras papá andaba de gira, nosotros tres nos fuimos a Sada, a casa de la abuela. Recuerdo que mamá tenía que hacer un trabajo muy largo, porque siempre estaba encerrada en el cuarto de la galería, rodeada de libros y dándole a las teclas de la máquina de escribir. Algún día le tendré que preguntar qué era lo que escribía.

Así que yo estaba todo el día en la huerta, pegada a las faldas de mamá Raquel. Una huerta que ahora, cuando voy, me parece mucho más pequeña que la huerta que guardo en la memoria. Pero que entonces, supongo que porque estaba acostumbrada a estar entre las cuatro paredes del oscuro piso de Santiago, me parecía tan grande y fascinante como un continente acabado de descubrir. Cierro ahora los ojos y recuerdo claramente dónde está cada uno de los árboles de la huerta, y la clase de manzanas y de peras, y de melocotones que produce cada uno de ellos.

Cada día, por lo menos eso recuerdo ahora, era la garantía de una jornada repleta de sorpresas. Me acuerdo de cuando íbamos a recoger los huevos al gallinero y cómo mamá Raquel los colocaba en el mandil, mientras las gallinas cacareaban a nuestro alrededor. Y de cuando, por la noche, estando ya en cama, pasaba el tren y vibraba la casa entera, e imaginaba que era una de aquellas personas que se veían a través de las ventanillas iluminadas de los vagones, y que marchaba de viaje hacia países lejanos donde vivían gentes muy distintas a nosotros. Y me acuerdo mucho de Baluga y Morita, los dos gatos de la casa. En esta foto está Morita a mi lado, le encantaba que la acariciara. Murió hace tiempo, la atropelló un día un coche al cruzar la carretera. En cambio, Baluga aún sigue allí, con la abuela; pero está muy viejo y no tiene la agilidad de antes.

Aunque, no sé por qué, lo que mejor recuerdo es la fragancia de los membrillos. Al fondo de la huerta había dos membrillos que me fascinaban. Ahora solamente queda uno, porque el otro se secó. Siempre estaban cargados de frutos enormes, que durante el mes de septiempre se volvían de color de oro. Me encantaba tocarlos, con aquel terciopelo suave que te hacía cosquillas en la palma de la mano cuando los acariciabas. Una vez probé uno. Pensaba que tendría un sabor semejante a las peras o a las manzanas, pero estaba duro y tenía un gusto áspero y amargo; tuve que dejarlo así, mordisqueado, y esconderlo entre las hierbas que había cerca del melocotonero, para que no me riñesen por estropear la fruta.

Un día, a finales de septiembre, mamá Raquel anunció que iba a hacer el dulce de membrillo y le pidió a mi madre que la ayudase. Mamá abandonó por un día la máquina de escribir y se puso a trabajar con ella en la cocina. Yo estuve con ellas, mientras el abuelo atendía a Daniel. En los días anteriores la abuela había ido recogiendo los membrillos, que colocaba extendidos en la galería, después de cubrir con hojas de periódico el piso de madera. Aquella tarde los había traído para la cocina. Era una maravilla el ver la mesa ocupada por aquellos grandes frutos amarillos. Ahora ya sé cómo se hace, porque lo he visto preparar en varias ocasiones, incluso ayudé a la abuela el otoño pasado. Pero en aquella ocasión asistí fascinada por primera vez a aquel ritual que tanto me atraía.

En primer lugar frotaban los membrillos con un paño blanco, para quitarles la pelusa, después los pelaban como si fuesen patatas, y los cortaban a cuartos. Y esos trozos los ponían a cocer en una cazuela, hasta que se ablandaban y tomaban un color amarillo fuerte, como el que tienen ahora mis ojos. Después colocaban esos trozos encima de la mesa, cubierta con un paño blanco, hasta que se secaban y se enfriaban. Seguidamente venía el trabajo más duro, porque había que triturar todo aquello con el pasapurés, venga vueltas y más vueltas, hasta dejarlo convertido en una espesa pasta, que se iba echando en otra cazuela.

A continuación mi abuela le añadía mucho azúcar, ponía la cazuela a hervir y se pasaba toda la tarde dale que te dale, revolviendo aquella pasta que hacía chup-chup como si fuera el caldero de la bruja de los cuentos, hasta que todo se mezclaba muy bien y tomaba un color dorado, de miel, mientras la casa entera se llenaba con el intenso olor que conservo tan dentro de mí.

Cogíamos después grandes tazas de loza, que la abuela guardaba de un año para el otro, las íbamos llenando hasta el borde y las tapábamos con papel blanco de seda que me dejaban recortar a mí. Luego mamá Raquel ponía las tazas a enfriar en los peldaños de la escalera que llevaba al piso de arriba. Durante las noches siguientes, cuando me iba a acostar, pisaba lentamente los pasos de la escalera, porque me gustaba cerrar los ojos mientras subía y me gustaba respirar aquella fragancia intensa e inolvidable.

Fue en octubre de aquel año cuando nos instalamos aquí, ya no regresamos al piso de Santiago. Mi madre iba a comenzar a dar clases y tuvo que escoger entre los lugares en los que había una plaza vacante. Había confeccionado una lista con las que le interesaban y finalmente le concedieron ésta en el instituto de Pontebranca. Estuvo yendo y viniendo desde la casa de la abuela durante varias semanas, hasta que papá volvió de hacer la gira con el grupo de teatro. Y fue entonces cuando alquilamos este piso y nos instalamos aquí.

A veces pienso en las vueltas que da la vida y en la cantidad de casualidades que se tuvieron que producir para que acabase conociendo a Luis. Él había vivido en Pontebranca desde que nació, su familia es de aquí de toda la vida. Y yo, en casa de mi abuela, ni siquiera sabía que él existía, como tampoco podía él saber que en una casa de Sada estaba entonces una niña de seis años que más tarde acabaría siendo su mejor amiga. Y a mi madre la podían haber destinado a otro pueblo cualquiera, ya que siempre me cuenta que había pedido Pontebranca en octavo lugar. Si la hubiesen destinado a alguno de los lugares que pidió antes, mi vida habría sido completamente distinta. Mejor o peor, cualquiera sabe. Para mí peor, desde luego. Porque si nos hubiésemos ido para cualquier otro sitio, nunca habría tenido la oportunidad de conocer a Luis.

6. Una lluvia de primavera

Esta fotografía también merece estar en el álbum, es la primera que tuve de Luis. Además, la puedo poner aquí sin que mamá sospeche nada cuando la vea, porque aparentemente no es más que una fotografía de María. Claro que mamá no es tonta y después dirá que qué pinta una fotografía de María en mi álbum, cuando no somos muy, muy amigas. Quizá ésta también debiera ponerla con las otras, con las que son *top secret* y no las va a ver nadie más.

La fotografía tiene año y pico, de cuando los de séptimo se fueron de excursión a La Coruña, a visitar la Casa de Las Ciencias. Están en el Parque de Santa Margarita, al lado del merendero; ahora conozco el lugar, pues el mes pasado también estuvimos nosotros con la profesora de Naturales. ¡La de vueltas que tuve que dar para que María me diera la fotografía sin que sospechara nada!

María vive en este mismo edificio, dos pisos más arriba. Este curso hace octavo, es un año mayor que yo. Recuerdo que aquel día subí a su casa, a pedirle un diccionario de inglés que me hacía falta y, estando en su habitación, se empeñó en enseñarme las fotografías del viaje a La Coruña que le habían dado esa misma tarde. Yo las miraba sin ningún interés especial. En casi todas estaba María con su pandilla, eran las típicas fotografías de excursión. Pero cuando llegamos a ésta, comenzó a acelerárseme el corazón. Porque en ella, aunque fuese allí en un extremo, estaba Luis.

Tuve que poner a trabajar mi imaginación e inventar de repente una historia. Le dije a María que aún no tenía ninguna fotografía suya, a pesar de que éramos vecinas desde hacía años, y que me podía regalar aquella fotografía en la que estaba tan bien; total, de la excursión ya tenía muchas y todas parecidas, una como ésta no la echaría de menos. La verdad es que había salido muy bien, María es muy guapa, pero eso a mí me daba igual. Lo que yo quería era conseguir esta fotografía, porque en ella, aquí, justo detrás a la derecha, apoyado en el banco, estaba Luis. Noté perfectamente que a María le extrañó aquel deseo repentino, pero al final me dio la fotografía y no sospechó nada, e incluso me la dedicó por detrás. Yo me fui contentísima; aquel día me encerré en mi habitación y estuve un largo rato mirando la fotografía. Mirando la esquina de la fotografía en la que aparecía Luis.

Porque a mí por entonces ya me gustaba Luis. Lo que son las cosas; los dos llevábamos varios años en el colegio y nunca antes me había fijado en él. Bueno, fijarme sí, que lo conocía de sobra, pero para mí siempre había sido un chico como los demás. Y desde el día de la lluvia todo cambió. De repente algo cambió dentro de mí y comencé a mirar a Luis con ojos distintos. Recuerdo claramente la fecha, cómo olvidarla. Fue hace año y pico, el veintisiete de abril.

No sé si se puede decir justamente el día en que te empieza a gustar una persona, quizá las cosas van sucediendo sin que apenas te des cuenta, igual que una planta que va creciendo y sólo sale al exterior cuando lleva un tiempo debajo de la tierra, alimentándose y echando raíces. Tal vez fue eso lo que me pasó a mí.

Aunque fue ese día cuando me di cuenta de que Luis me gustaba.

Fue a la salida del colegio. Llovía a cántaros y había varios grupos de niños y niñas amontonados en las puertas esperando a que escampase. Muchos no habían traído paraguas, porque a mediodía el cielo estaba despejado y nadie pensaba en la lluvia. Yo lo había llevado pero, aun así, también dudaba entre marcharme o esperar a que escampara un poco el aguacero, pues llovía con intensidad. Entonces, noté que alguien me hablaba:

—¿Me tapas hasta casa?

Era Luis quien estaba a mi lado, mirándome fijamente con esos ojos tan enormes que tiene y sonriéndome con timidez.

—Sí —le contesté—. Pero tú vives más lejos.

—Pero desde tu casa echo una carrera. Es que tengo que ir a ayudar a mi padre. Deja, que te lo llevo yo.

Y sin más, me cogió el paraguas y lo abrió. Echamos a andar tratando de mojarnos lo menos posible, aunque era difícil porque llovía mucho y el paraguas era pequeño. En seguida comenzamos a hablar, sobre todo del colegio. Habló más él. A mí me daba algo de vergüenza contarle que yo aprobaba todo y que no tenía ningún problema; mis cosas parecían pequeñeces comparadas con las suyas. Me contó que tenía muchos problemas en séptimo con varias asignaturas, pero sobre todo con las Matemáticas. Que no entendía nada, y que además la *Víbora* le tenía ojeriza. «No sé si tendré que repetir curso. Así que tal vez lleguemos a ser compañeros para el año que viene», me había dicho. Sabía que Luis era de los que no iban bien con los estudios. Además la mayoría de las veces estaba castigado, lo había visto con frecuencia cuando lo expulsaban de clase y se quedaba de pie en el pasillo. Todo lo contrario que yo, que soy la típica alumna de sobresalientes. Como el día y la noche.

Mi casa no está lejos del colegio, así que llegamos enseguida al portal. Ya iba a entrar cuando Luis me dijo:

—¿Tanto te cuesta acompañarme hasta casa? Me voy a poner como una sopa, ya ves que no va a escampar. Ven conmigo, anda, o déjame el paraguas, que te lo devuelvo mañana.

—Vale, te acompaño —dije yo, después de dudarlo un instante—. Pero espera que deje la cartera en el portal, si no tengo que ir y venir cargada.

Cuando volví de dejar la cartera en el hueco que hay debajo de las escaleras, añadí:

—Te acompaño, pero con una condición.

—¿Cuál?

—Que me des ese pin de los Rolling Stones que llevas en la cazadora.

—¿Éste?

Luis llevaba la cazadora llena de pins, algunos horribles, pero aquella lengua roja de los Rolling me gustaba mucho.

—Te lo regalo, mujer, sin problemas.

Cerró el paraguas y a continuación cogió el pin y lo prendió en mi anorak mientras notaba cómo mi corazón latía más rápido de lo normal. Imagino que no se dio cuenta, nunca se lo he preguntado, pero sin embargo aquél fue un momento inolvidable para mí.

Así que lo abrigué hasta su casa. Nunca olvidaré esa sensación. Me parecía que estábamos los dos solos y el paraguas era el techo que nos protegía de la lluvia y nos aislaba del resto de la gente, igual que si no hubiese nadie más en el mundo. Cuando llegamos allí, aún estuvimos conversando un rato más en el portal. Parecía que había un imán que nos obligaba a hablar de un tema detrás de otro, como si estuviésemos jugando a alargar aquellos instantes tan hermosos. Regresé calada hasta los huesos, con los zapatos y los calcetines empapados. Pero volvía muy contenta y, ahora sé que no era solamente por el flamante pin que traía prendido en mi anorak.

¡Cuánto me dolió aquello que me dijo mi madre dos días después, a la hora de comer!

—¿Es verdad que ibas el otro día con el chico del palomar? —me preguntó, como no queriendo darle importancia al asunto.

—¿Con quién, con Luis? —la pregunta me cogió de sorpresa e intenté ganar tiempo—. Sí, lo acompañé por la tarde hasta su casa, porque llovía mucho. Él no tenía paraguas.

—¿Sois amigos, entonces?

Me puse en guardia, no me parecía normal

aquel interés repentino de mi madre por algo que había ocurrido hacía dos días. Procuré responder con naturalidad.

—Está en séptimo y lo conozco de verlo en el patio. Pero hablamos poco. Es mayor que yo.

Como mamá no contestaba, añadí:

—¿Por qué?

—No me gusta nada ese chico y no quiero que le des confianza. Te sobran amigos con los que estar —la voz de mi madre era ahora seca y cortante, como la que pone cuando ella y papá discuten.

—Mujer, no encuentro nada malo en que Blanca sea amiga de todo el mundo —intervino mi padre—. ¿Qué pasa con ése del palomar?

—Pasa que es un bala perdida y no quiero que Blanca esté con él. Los vio María y fue quien me avisó. Ella le da Matemáticas este curso y la trae de cabeza. Por lo visto ya repitió un año, y éste lleva el mismo camino.

—Repetir curso no tiene por qué ser malo —insistió papá en tono conciliador.

—Pero además es un maleducado. Me contó María que un día que lo tuvo que expulsar de clase casi le planta cara, que no quería salir del aula. ¿Qué te parece?

Mi madre se había ido poniendo más seria mientras hablaba. Como mi padre optó por callar, acabó por dirigirse a mí:

—Así que haz el favor de ir con amigos de tu edad y que sean estudiosos, ¿vale?

Conque había sido la *Víbora* la que le había ido con el cuento a mamá. Yo no respondí, qué remedio, y se acabó la conversación. Seguí tomando la sopa aparentando tranquilidad, pero me entró una intensa desazón y una rabia que no podía contener. Me acababa de dar cuenta, por primera vez, de que también en mi casa tenía que disimular lo que sentía, que no podía contarle todo a mi madre. Y que, si quería seguir charlando con Luis (¡y claro que quería!), tendría que andar con mucho cuidado.

A los pocos días fue cuando conseguí esta fotografía. Mi primera fotografía de Luis.

Seguir viéndole sin que mi madre se percatase fue, desde entonces, una actividad que me acostumbré a hacer con astucia. Consistía en seguir haciendo lo de siempre e intentar que ni tan siquiera los de la pandilla vieran nada raro en mi nueva amistad con Luis. Aprovechábamos todos los recreos, siempre eligiendo las esquinas del patio donde estábamos seguros de que la *Víbora* no nos podía ver.

Descubrimos también que podíamos hablar con tranquilidad si nos encontrábamos un poco antes de la entrada a las clases, o si nos poníamos de acuerdo en coincidir por la tarde, como por casualidad, en uno de los bancos del jardín. Pero nunca estábamos solos, siempre nuestras charlas contaban con la presencia de los otros amigos. Creo que ni tan siquiera Raquel ha llegado nunca a sospechar nada, aunque de eso no estoy tan segura. ¡Me parece que juntos, juntos de verdad, solamente estuvimos el otro día en el palomar! Una auténtica amistad subterránea.

Y todo porque, por lo visto, no está bien que una chica de las formales, de las que sacan buenas notas, se mezcle con uno de los que suspenden todo y están fichados por los profesores. Tiene razón Luis cuando dice que ahora, después de repetir y de echarse mala fama, da igual que se porte bien o mal, que, de una u otra forma, siempre le van a caer todas. ¡Qué injusticia!

Parece que asignemos de antemano un papel a cada persona y nos parezca mal cualquier intento de salirse de ese papel que le ha correspondido a cada uno.

7. *El mensaje secreto*

Blanca le tiene miedo a las tardes: las horas se le hacen larguísimas, y le parece que no quieren acabar nunca. Las mañanas, en cambio, pasan en seguida; hay otra luz en el ambiente, y apetece sentarse en la cama, con la ventana de la habitación entreabierta, sintiendo el aire fresco que trae la sensación de que el día está recién estrenado. Por otra parte, por las mañanas su padre está en casa y, aunque pasea de la cocina a su cuarto del ordenador, atendiendo al mismo tiempo a la comida y sus tareas, siempre encuentra un momento para hacerle algún caso y estar con ella a cada rato.

Las tardes son peores: después de comer le entra sueño, pero no se quiere dormir; si se duerme, si se deja llevar por la somnolencia que siempre le entra después de comer, entonces son las noches las que también se le hacen eternas y tiene que estar en la cama dando vueltas y más vueltas, esperando un sueño que no llega. «Es que tienes el cuerpo descansado, quién pillara una temporadita así», le dice su padre cuando se queja.

Algunas tardes su madre está en casa, y entonces la acompaña y habla con ella, o corrige exámenes mientras Blanca lee. Pero hoy está sola, su padre ha ido a la biblioteca y su madre ha tenido que ir al centro comercial. Está recostada en la cama, apoyada en la almohada doblada, y trata de leer uno de los libros que le regaló Enrique, *Cuando Hitler robó el conejo rosa*. El libro le gusta mucho, Blanca desearía poder escribir algún día algo tan bonito, que llegase a emocionar a las personas que lo lean, aunque sabe que eso debe de ser muy difícil.

Oye abrir el portal y, después, un ruido de pasos incontrolados que suben las escaleras. «Es Daniel, seguro, cualquier día se parte una pierna», piensa Blanca, mientras mira el reloj. «Las cinco y media, tiene que ser Daniel, ya hace un rato que han salido de la escuela.»

Al instante se abre la puerta y entra su hermano.

—¿Hay alguien? —grita desde el pasillo.

—Estoy sola —contesta Blanca—. Ah, y también está Freddy, dijo que se iba a esconder debajo de tu cama.

Freddy es Freddy Kruger, el personaje monstruoso de *Pesadilla en Elm Street*. Daniel es bastante miedica y el personaje de las uñas largas le da algún recelo, sobre todo si es de noche y está oscuro.

—No me gustan esas bromas, ¿sabes?

Daniel acaba de entrar en la habitación de Blanca, después de dejar la cartera, el anorak y las botas en algún sitio. Siempre deja las cosas tiradas de cualquier manera.

Pero hoy Blanca le nota algo especial, una sonrisa maliciosa que la deja intrigada.

—¿Qué te pasa? ¿Por qué pones esa cara?

—¡Ayyy...! Tengo una cosa para ti.

—¿Una cosa? —el corazón de Blanca se acelera—. A ver qué cosa, enséñamela, venga.

—¿No está mamá, verdad? Es que me han dado algo para ti y me han dicho que no lo podía ver nadie más, que es una cuestión de vida o muerte. Cumplo el encargo, ya ves; porque también tú te portarás bien conmigo cuando te pida el *walkman*, ¿verdad?

—Claro hombre, claro. A ver, dame eso antes de que llegue mamá de la compra.

—Espera entonces, que la traigo muy escondida.

Sale en busca de la cartera y la arrastra hasta la habitación. La abre y saca una carpeta; abre la carpeta, busca entre los separadores y aparece un sobre algo arrugado. «Para Blanca», trae escrito. La muchacha lo coge con emoción, mientras pregunta:

—¿Quién te lo ha dado?

—Me ordenó que no se lo dijese a nadie, así que tampoco te lo voy a decir a ti. Pero si lo abres, a lo mejor adivinas de quién se trata.

—¿Dónde te lo han dado, en la escuela?

—En la escuela, no. En la plaza, cuando pasaba por allí. Quien me lo entregó me estaba esperando en el banco que hay junto a la fuente.

—Pues, anda, vete a merendar a la sala, y después haz los deberes.

—¿Y me ayudarás con las divisiones?

—Sí, pero después; ahora, vete.

Daniel se fue y Blanca abrió el sobre, una vez que se vio sola. Dentro había un papel doblado y dos fotografías. El papel era una carta, Blanca pronto reconoció la letra de Luis. Y en las fotografías, que cayeron encima de la colcha, aparecían unos rostros fácilmente reconocibles. En una estaban Blanca y Raquel, con una paloma en la mano. En la otra, ella y Luis, sonriendo abiertamente, apoyados en la barandilla que rodeaba el palomar. Era la fotografía que Raquel les había sacado la semana pasada, cuando habían ido las dos a casa de Luis.

Blanca se olvidó de las fotos y comenzó a leer la carta con emoción contenida, devorando con los ojos lo que Luis, con aquella letra un tanto grande e insegura, le ponía allí:

¡Hola, Blanca!

Ya sé por Raquel y por Ana que no puedes salir de casa porque estás enferma, ya me han contado que tienes hepatitis. Cuánto lo siento, porque tengo muchas ganas de verte y de hablar contigo. Después de todo lo que hablamos el otro día en el palomar, me quedaron ganas de contarte muchas más cosas.

Claro que cuando te cures y vuelvas a salir, tal vez entonces ya me habrán expulsado definitivamente del colegio. La dire *le escribió una carta a mi padre contándole todo lo que piensa que he hecho aunque tú y yo sabemos que no es más que una trampa de la* Víbora. *Se lo quise explicar también a mi madre, pero no me cree, piensa que son disculpas que invento. Con mi padre ya sabes que no se puede ni hablar, ya te he contado los problemas que tiene también mi madre con él.*

Así que, desde que llegó la carta, me paso todo el día metido en casa. No puedo ir al colegio, y solamente me dejan salir para hacer algún recado o algo así. Precisamente esta carta pienso dársela a tu hermano para que te la entregue. Haré una escapada a las cinco, a ver si lo veo cuando salga de la escuela. Menos mal que puedo estar en el palomar, aquí paso la mayor parte del tiempo, que es desde donde te estoy escribiendo ahora.

Ya ves que te envío la fotografía que nos sacó Raquel el otro día y también la que os había hecho yo; ya revelé el carrete y salieron casi todas. En una estás tú sola y muy guapa, pero ésa quiero tenerla yo. Te mando ésta en la que estamos los dos, es la primera que tenemos juntos. Voy a encargar otra copia para mí. Así incluso podemos pensar que la hicimos el otro día, cuando estuviste en el palomar y te conté lo que en realidad había pasado en la escuela.

Ahora, si me expulsan del colegio, no sé cómo haremos para vernos. Mi padre me castigará aún más y seguro que no podré pisar la calle ni para los recados. Y a tus padres, si antes ya no les gustaba que hablases conmigo, seguro que ahora mucho menos.

Algunas veces me pongo triste. ¿Por qué me haría esto la Víbora? ¿Por qué me crees solamente tú? Sí, ya sé lo que me has aconsejado el otro día, pero no se lo quiero contar a nadie más. Estoy seguro de que no valdría para nada y de que pensarían que estaba enredando más las cosas, ya me ha pasado otras veces.

Me encantaría que estuvieses ahora aquí. Acabo de soltar las palomas y andan revoloteando sobre los tejados; a lo mejor pasan por encima de tu casa. ¡Cómo me gustaría ser una de ellas y volar por los lugares que quisiese!

Nada más, Blanca. Debes curarte, y ponerte buena. No te preocupes por mí, a lo mejor no me expulsan y puedo acabar el curso. ¡Me gustaría tanto recibir alguna carta tuya! Pero no sé cómo me la podrías enviar.

Un abrazo muy fuerte.

Luis

Blanca acabó de leer la carta y miró largo tiempo la fotografía, estudiando todos los detalles. Pero en seguida se vio obligada a esconderla entre las sábanas. La puerta de casa se abrió y entró su madre, cargada con bolsas del centro comercial. La saludó desde la puerta y se dirigió a la cocina, para ir colocando todo lo que había comprado. Blanca aprovechó para abrir el cajón de la mesilla y meter la fotografía en el fondo de una cajita repleta de cosas menudas. Allí, guardadas entre papeles, estaban las fotografías *top secret,* aquellas que nunca podría colocar en su álbum: las fotografías que Luis le había dado el sábado cuando había estado con él en el palomar.

Cuando su madre entró en la habitación, Blanca estaba sentada en la cama con la caja de fotografías abierta y un buen número de ellas esparcidas encima de la colcha. La chica le dedicó una sonrisa y continuó revolviendo en la historia familiar.

8. La magia de las palabras

Esta fotografía sí me gusta. Aquí estoy, recogiendo el premio del concurso literario de Mondoñedo. Fue el año pasado, aquí está la fecha: «22-mayo-91». Mi madre siempre tiene la manía de ponerles la fecha por detrás.

¡Qué nerviosa y qué contenta estuve aquel día! Aún hoy, cuando miro la fotografía, y recuerdo aquel hermoso viaje, me invade una sensación inexplicable por todo el cuerpo, un sentimiento especial, que consigue alterarme de manera muy extraña, y que no sé expresar bien. Tengo que pedirle a mamá que, cuando me encuentre bien, volvamos allí un día, a ver si es verdad que Mondoñedo es tan bonito o si me lo pareció a mí aquel día, por lo emocionada que estaba.

Todo sucedió gracias a Javier. Nos había contado que, como 1991 era el año dedicado a

Álvaro Cunqueiro, el Ayuntamiento de Mondoñedo organizaba un concurso de narraciones en el que podían participar estudiantes de toda Galicia. Nos lo había dicho en el taller de Lengua que impartiría martes y jueves, después de las clases, y al que asistimos un pequeño grupo de chicos y chicas. Javier había comentado que estaría bien que participásemos, que sería una manera de aprovechar los trabajos que habíamos realizado en el taller. Hubo acuerdo general, y dedicamos la sesión a ver qué podíamos presentar cada uno. «Blanca, tú podrías retomar aquel cuento que escribiste el mes pasado y pulirlo un poco, tal como te había dicho, a ver si lo dejas aún mejor.»

El cuento se titulaba *Catalina y la serpiente blanca,* y yo me había quedado bastante satisfecha de él. Pero había vuelto a reescribirlo, añadiendo alguna que otra cosa. Mamá me dejó pasarlo a limpio en el ordenador, y después le hice un dibujo precioso para la portada; la verdad es que estaba muy bien presentado. Después lo metí en un sobre grande y lo envié a la dirección que nos había dado Javier.

Ya ni me acordaba del cuento cuando, dos

meses después, llegó la carta. Vino mi padre con el correo y me dijo: «Blanca, tienes una carta del Ayuntamiento de Mondoñedo. Prefiero que la abras tú». La abrí y dentro venía una carta breve en la que me comunicaban que mi cuento había logrado el primer premio en la categoría B. Por ello me invitaban a asistir a la entrega de premios, que se celebraría el 22 de mayo, en Mondoñedo.

¡Menuda fiesta organizamos en mi casa! La noticia se extendió también muy pronto en el colegio, y todos me tomaban el pelo con lo de «escritora», Javier incluido. Me encontraba muy feliz, aunque por dentro temía que se descubriera que el cuento no era totalmente mío, que una parte, la de la piedra mágica y el recorrido por los túneles en la roca, era muy semejante a otro cuento que había en un libro antiguo que mi padre me había dejado. Pero Javier, y también mis padres, opinaban que lo que mejor estaba eran los pensamientos de Catalina a lo largo de la aventura, y esto sí era de mi propia invención.

Mi madre dijo que debíamos ir a la entrega de premios, y me compró ese conjunto tan bonito que luzco en la fotografía. Creo que ha sido el día en que más guapa me he visto en toda mi vida, tendría que enseñarle esta fotografía a Luis. Además llevaba la melena suelta que me quedaba muy bien, entonces tenía el pelo mucho más largo que ahora.

Javier nos llevó a mi madre y a mí en su coche. Se pasó el viaje hablando con nosotras, aquel día estaba muy simpático. Y cuando nos detuvimos en una cafetería, en Villalba, me dijo: «Hoy estás muy guapa, da gusto verte tan mayor... Estoy muy orgulloso de tener una alumna que escribe tan bien». Y yo me puse muy colorada, menos mal que no se dio cuenta ninguno de los dos, pues hice como que me atragantaba con la magdalena que estaba tomando con el café con leche.

Llegamos a Mondoñedo con el tiempo justo, desde Pontebranca hay bastante distancia. La entrega de premios se celebraba en el salón de actos del instituto, que estaba abarrotado. Aquel día debía de estar muy guapa de verdad, recuerdo que cuando entré me piropearon los chicos que había en la puerta, y eso que eran mayores.

A los premiados y a sus acompañantes nos sentaron en dos de las filas centrales del salón. Arriba, en el escenario, estaba esta señora que se ve aquí en la fotografía, más tarde me dijeron que era la alcaldesa, acompañada de los miembros del jurado. Se pronunciaron algunos discursos y a continuación se leyó el acta en la que constaban los nombres de los premiados, empezando por la categoría A, que era la de los más pequeños.

Yo estaba nerviosísima. Cada vez que pensaba que debería levantarme y echar a andar por el pasillo central, subir después las escaleras que conducían al escenario, y a continuación recoger el premio y la placa, porque daban una placa, me entraba auténtico pavor. Tenía miedo de tropezar, por los nervios, y también de que, como la falda era corta y de vuelo, se me viesen las piernas al subir al escenario, aunque debajo llevaba unos leotardos azul oscuro. Se lo dije a mi madre, que se rió de mí: «No te preocupes por eso, mujer. Y si te las ven, mejor, que las tienes muy bonitas».

En aquel momento leyeron mi nombre y todos comenzaron a aplaudir, me levanté y fui caminando como en un sueño, me parecía que no era yo quien estaba viviendo aquellos momentos. Y le tocó entregar el premio a Paco Martín, que es este señor que está aquí en la fotografía, del que ahora ya he leído un libro suyo, *Cosas de Ramón Lamote*, y me hizo cosquillas con la barba cuando me dio un par de besos. Seguidamente bajé las escaleras y volví hasta mi sitio, donde estaban Javier y mi madre aplaudiendo a rabiar. Y pude observar muy bien que Javier estaba emocionado, aunque intentaba disimularlo; a la salida me dio un abrazo y me dijo: «Estoy muy contento». Y cuando me dio aquel abrazo, fui, por un momento, la persona más feliz del mundo. ¡Cómo me hubiese gustado que aquel día también Luis hubiese estado allí!

Ahora me sigue gustando mucho escribir. No hay mejor cosa que ser capaz de inventar una historia que emocione, es casi mágico poder crear personajes y hacer que les ocurran cosas que tú quieres, como si pudieses crear otras vidas. Algunos compañeros piensan que a mí me gusta escribir porque soy la hija del bibliotecario, y a veces parece que soy la única que sé que esto no es así. Si a alguien le debo este gusto por inventar historias, es a Javier, y aunque sólo me dio clases en cuarto y en quinto, fue el profesor que más me ha gustado de todos cuantos he tenido. Y no como el que nos da este curso, el *Tapón,* pobre, que parece hecho a propósito para que le cojas manía a la Lengua. ¿Cómo podrá dar clase gente así? Realmente tanto él como la *Víbora* son con mucho los peores de este año.

A mí ya me gustaba leer desde pequeña, pero Javier fue quien me hizo abandonar libros como los de *los Cinco,* de los que he leído muchísimos, y que ahora me doy cuenta de que eran todos iguales. Siempre me decía lo mismo: «Pídele a tu padre tal título». Yo se lo pedía, y casi siempre eran libros cautivadores, de ésos que no puedes abandonar hasta que los acabas. A mí desde que recibí el premio me llaman *escritora,* pero no sé si seré alguna vez capaz de escribir historias tan bonitas como este libro que ahora estoy leyendo, o como el que leí antes, *La isla de los delfines azules,* libros que los lees y parece que estás viviendo lo que allí pone y que se te pone un nudo en la garganta y casi te hace llorar de emoción. Cuando leo un libro así siento que los personajes están a mi lado de tan reales que me parecen. Es como si estuviese con ellos, viviendo sus mismas emociones.

Javier casi todas las tardes nos leía varias páginas de algún libro en clase, y siempre nos estaba diciendo cómo podíamos hacer para inventar historias. Yo le cogí cariño desde el principio, y él también a mí. Este año ya no está en el colegio, pero sigue siendo el profesor que recuerdo con más afecto. Es una pena que no nos dé clase este curso, aunque solamente fuese para contrarrestar el veneno de la *Víbora*.

¡Qué cosas tiene la memoria! A veces me vienen a la mente frases que nos decía Javier y que entonces no entendía muy bien, pero que ahora, con el paso del tiempo, empiezan a tomar verdadero sentido para mí: «Para escribir hay que vivir. Un escritor es como una esponja que absorbe la vida para plasmarla después en el papel». Ahora entiendo lo que quería decir con eso y entiendo también por qué cuando pienso en Luis y en mi relación con él, en seguida me entran ganas de escribir y de contar con palabras lo que me pasa.

9. *El vuelo de las palomas*

La fotografía con Luis quedará sin colocar en el álbum, pero no pasa nada si pongo ésta con Raquel, en el palomar. ¡Qué bien lo pasé aquel día! Parece mentira lo tonta que llego a ser a veces. Ya sabía que a Luis le llamaban *el del palomar*, pero nunca se me había ocurrido pensar el motivo de ese mote. Recuerdo que un día, poco después de hacernos amigos, Luis me vio en el recreo y me dijo:

—Hoy por la tarde tal vez no venga, porque regresan las palomas al palomar.

—¿Cómo que regresan las palomas?

—Sí, las han soltado esta mañana en Vigo y tienen que llegar aquí sobre las cuatro. Mi hermano no puede atenderlas y debo estar yo, para desanillarlas y marcar la hora de llegada.

—¿Y vienen las palomas solas desde Vigo?

—¡Pues claro! ¡Y otras veces desde mucho más lejos! ¡Para eso son palomas mensajeras!

Como tenía cara de no entender nada, Luis me explicó lo que a él le parecía más esencial. ¡Palomas mensajeras! Me había gustado tanto todo aquello que en los días sucesivos le saqué de forma continuada el tema. Así, supe que su padre tenía un palomar en la terraza de su casa, en el que criaba palomas desde hacía muchos años. Pero no eran palomas comunes sino mensajeras. Ahora su padre se había desentendido de ellas, pero las cuidaba José María, el hermano mayor de Luis, y él le ayudaba.

Para mí todo había sido una gran sorpresa. Resultaba emocionante saber que en el mismo pueblo en el que yo vivía podía haber alguien que supiese tanto de palomas mensajeras, algo que creía que existía tan sólo en los cuentos o en las películas. Había sentido unas ganas enormes de ver el palomar y cuando se lo dije, Luis me animó a ir cualquier tarde que me apeteciese.

—Si sabe mi madre que voy a tu casa, me mata. ¡Y además sola!

—Pues venid tú y Raquel. Así tampoco se mosquea mi madre.

Pero tenía miedo de que Raquel desconfiase y notara que mi interés no era solamente por ver el palomar. Sin embargo, la oportunidad perfecta se presentó unas semanas más tarde, en la clase de Naturales. El profesor nos mandó hacer un trabajo en equipos de tres o cuatro personas, lo hacía muchas veces. En esta ocasión, el trabajo consistía en estudiar la forma de vida de un animal determinado y hacer después un trabajo escrito con los resultados de las observaciones. Vi el cielo abierto. Esperé impaciente a que llegase la hora del recreo y, en seguida, abordé a Raquel:

—Raquel, hacemos el trabajo de *Natu* juntas, ¿vale?

—De acuerdo. Pero no sé qué animal podemos escoger. Además, solamente somos dos y tenemos que buscar a alguien más. Puede que quiera Laura y nos conviene, porque ya sabes que tiene muchos animales en casa.

La respuesta de Raquel me dejó desconcertada.

¡Había que contraatacar de inmediato, no contaba con aquella posibilidad!

—Tengo una solución mejor. Ya sabes que

en casa de Luis tienen un palomar, ¿no? Pero, ¿a que no sabías que se trata de palomas mensajeras? ¿Te lo imaginas? ¡Es un trabajo precioso! Si escogemos ése, no corremos el peligro de que otro grupo elija el mismo animal.

—¿Y nos lo permitirá Luis? —era claro que Raquel tenía dudas. Se le notaba en la voz que Raquel dudaba de la bondad de aquella idea.

—¿Cómo que si nos lo permitirá? Hacemos el trabajo con Luis y ya está.

La cara de Raquel se ensombreció. La conozco bien, seguro que estaba pensando que eso significaba una mala nota. Luis no tenía buena letra ni redactaba tan bien como nosotras. No era el compañero ideal para dos de las mejores alumnas de la clase. En cuanto adiviné su pensamiento, encontré la respuesta apropiada; parece mentira cómo discurre nuestra cabeza cuando queremos conseguir algo.

—Mujer, escribir y dibujar lo tendremos que hacer nosotras. Luis aporta la información, creo que lo sabe todo sobre palomas.

Luis aceptó encantado nuestra propuesta. Se

sentía orgulloso de que quisiéramos trabajar con él ¡Yo estaba entusiasmada! Durante un tiempo no solamente podría ver a Luis en el colegio, sino que además contaba con la disculpa perfecta para estar con él algunas tardes e incluso para ir a su casa. Y mi madre no podría decir nada.

Al cabo de dos días fuimos al palomar. Raquel llevaba el magnetófono pequeño, para grabar todas las explicaciones de Luis y poder tenerlas después presentes a la hora de escribir la redacción. Allí, en la puerta de la casa, nos esperaba Luis. Estaba también su madre, que nos saludó con amabilidad y después nos hizo pasar hasta la cocina; estaba empeñada en que comiésemos algo. Me sentía algo cortada y tenía mucho miedo de que me lo notasen. Lo que menos deseaba era someterme a un interrogatorio de su madre. Pero Luis le dijo que tomaríamos algo después, cuando acabásemos, pues teníamos que hacer el trabajo del colegio. Así que subimos hasta la terraza, porque la casa de Luis tiene cuatro pisos y es arriba, en la terraza, donde tienen el palomar.

Las escaleras eran todas de madera y daban a una puerta pequeña, por la que se accedía a la terraza. Cuando Luis la abrió, se oyó un fuerte aletear. Un olor intenso, a animal y a excrementos, llegó hasta nosotros. Aunque el espacio estaba rodeado por un muro a la altura del pecho, impresionaba estar allí, tan arriba y a cielo descubierto, como si de repente arribásemos a una isla desierta. Siempre me había imaginado los palomares circulares de esos que se ven por el campo. Pero, claro, no iban a tener uno así en una terraza. El de Luis ocupaba casi toda la parte posterior, y era una caseta alargada construida con bloques de aglomerado y una reja metálica en su parte delantera. Constaba de tres partes de tamaño desigual, cada una con utensilios distintos. Las palomas, nerviosas y agitadas, revoloteaban entre los límites de aquel pequeño espacio.

Luis nos llevó hasta el otro lado de la terraza. Desde allí se veían todos los tejados de las casas de Pontebranca y, más allá, el puerto y los barcos, como si fuesen juguetes de colores balanceándose sobre el azul oscuro del mar. Había un banco pequeño arrimado al muro y

Luis nos pidió que nos sentáramos. Antes de ver el palomar por dentro, nos tenía que explicar varias cosas, o no entenderíamos nada. Raquel puso en marcha el magnetófono; si nosotras nos encargábamos del trabajo escrito, teníamos que estar preparadas.

Nos contó que su padre había construido el palomar hacía ya más de veinte años, y que se dedicaba a la colombofilia. «Ya he aprendido una palabra nueva», pensé. Había empezado con palomas comunes pero desde hacía años se dedicaba a la cría de palomas mensajeras. Éstas eran de una raza muy diferente a las otras, tenían una predisposición innata para saber orientarse en el espacio, incluso en las grandes distancias. Así, las podías soltar muy, muy lejos del palomar y siempre volvían a él, gracias a su sentido de la orientación. Después nos contó cómo las emparejaban para que criasen, cuál era el proceso de incubación de los huevos, cómo había que fichar a las crías con una anilla que se les ponía en la pata y que equivalía a su carné de identidad, cómo las alimentaban...

De todo cuanto Luis nos contó aquel día, lo

que más me llamó la atención fue cómo había que ir educando su sentido de la orientación. Nos dijo que, después de que aprendían a volar en las proximidades del palomar, su hermano las cogía, las metía en una cesta y las llevaba a tres o cuatro kilómetros de distancia, a Breamo o al monte de Cabanas. Allí las soltaba y ellas, como veían el palomar a lo lejos, regresaban en seguida a él. Repetía esto desde los cuatro puntos cardinales, para reforzar su sentido de la orientación. Más tarde las transportaba a unos diez kilómetros, a Barallobre o a Goente, y las soltaba y ellas también conseguían regresar. Después iba aumentando las distancias, hasta que finalmente ya las soltaban desde Lugo, desde Orense, o desde Zamora, pues desde allí también sabían volver. La gente que se dedicaba a esto, como el hermano de Luis, hacía sueltas de palomas cada cierto tiempo, una especie de campeonatos, y a veces las distancias que debían recorrer los animales eran enormes.

—¿Y regresan siempre? —pregunté.

—Claro que sí —contestó Luis—. Y regresan sin detenerse en sitio alguno, vuelan sin descanso hasta llegar al palomar. Cuando vienen desde muy lejos, las coges en la mano y apenas pesan nada, solamente notas las plumas y los huesos. Eso es porque han quemado todo el músculo en el esfuerzo.

—¡Pobres!

—A mí también me dan pena, a veces llegan que casi ni se mueven. Pero se reponen rápidamente. Les damos una bebida con sales y comida especial. Al cabo de una semana ya están listas para otro viaje.

Después observamos el interior del palomar y cogimos algunas palomas en la mano. ¡Qué gusto daba sentir bajo las plumas el acelerado latido de su pequeño corazón! La que aparece en la fotografía era una de las más bonitas. Si no fuese una locura, me hubiese gustado traerla conmigo.

—Basta de explicaciones. Ahora las veréis volar—había dicho Luis.

Y entonces se dirigió hasta donde estaban las palomas adultas y abrió un ventanuco. Se produjo un rumor de alas, un ruido enorme, y en seguida vimos salir a las palomas disparadas hacia el cielo. Parecía que iban a marchar cada una por su lado, distanciadas, pero pronto se reunieron en una pequeña bandada y empezaron a hacer círculos, cada vez más amplios, alrededor del palomar. Volaban por encima de las casas de Pontebranca, volvían, se marchaban en otra dirección, y siempre con un vuelo estilizado que era un placer seguir con la vista.

—A mí, a veces, se me van las horas aquí viéndolas volar —había dicho Luis—. ¡Cómo me gustaría ser una de ellas!

Nos habíamos reído los tres. Me encontraba muy a gusto allí, así que cuando Raquel miró el reloj y avisó que iban a dar las siete y nos teníamos que marchar, me quedé sorprendidísima. Entonces Luis dijo:

—Aún hay suficiente luz para sacar unas fotografías para el trabajo. ¿Qué os parece?

Bajó a buscar la máquina, hoy pienso que lo debía de tener todo planeado, y cuando regresó, sacamos fotografías de las palomas y de las crías que aún estaban en sus nidos, y de las cáscaras de los huevos rotos. Y cuando ya quedaban pocas en el carrete, Luis propuso hacer algunas de recuerdo para nosotros, y dijo que era una pena que no pudiésemos sacar alguna de los tres juntos. Pero nos hizo varias a Raquel y a mí, y yo le hice una a Raquel con él, y ella nos hizo otra a Luis y a mí, que es ésta que me acaba de enviar.

Ahora me dan ganas de reír acordándome de toda aquella sucesión de retratos, empiezo a conocerlo muy bien. ¡Cuánta película y cuánto disimulo para obtener una fotografía de los dos juntos!

10. El origen de las galaxias

¡Cómo se me notan los pechos en esta fotografía! Aquí todavía estaba bastante gorda, parece mentira lo que llega a cambiar una persona en un año. «Vaya estirón has dado», me repite siempre mi padre. Ahora me río, pero menudo problema tuve con los pechos durante meses. Recuerdo muy bien cuando me empezaron a crecer, finalizando quinto. Al principio no se me notaba nada por fuera, además coincidió con la época en que llevábamos ropa de invierno. Pero después, al llegar el calor resultó imposible ocultarlos, algo que tampoco quería. En esto tenía razón mi madre; siempre me decía que eso debía ser un motivo de alegría, que era señal de que estaba creciendo y abandonando los años de la niñez.

Pero esto de ir creciendo se convirtió en un problema al invierno siguiente, porque no eran solamente los pechos, sino que todo mi cuerpo empezó a estirar a lo largo y a lo ancho, y no había ropa que me sirviera. Además, no conseguía estar cómoda conmigo misma, parecía como si de repente no controlara las diferentes partes de mi cuerpo. Era extraña aquella nueva sensación de mirarse en el espejo y comprobar que lo que veía no se correspondía con la imagen que de mí misma tenía interiorizada. No me sentía a gusto y no lograba encontrar ninguna ropa con la que de verdad me viese guapa. Y lo de acostumbrarme a usar el sujetador fue un auténtico martirio durante meses. Pensaba que era injusto someterme a esa tortura solamente por pertenecer al género femenino. Creo que fue un curso en el que mi madre tuvo mucha paciencia conmigo.

Pero, no sé muy bien cómo, hace aproximadamente un año, en la primavera pasada, empecé a estirar y me sucedió algo así como si todas las células de mi cuerpo se reordenaran y se decidieran a ocupar su lugar definitivo. Adelgacé mucho y, aunque permanecieron las redondeces, supongo que ya para siempre, por lo menos desaparecieron de todos los sitios donde no tenían que estar. Fueron unos meses extraños. A veces, pasaba largo rato en mi habitación, dclante del espejo, espiando los cambios de mi cuerpo. Era casi como ir descubriendo a una persona nueva debajo de ti. «Pues anda que cuando empiecen las espinillas, la vamos a tener buena», dice a veces mi madre. A Irene y a Cris ya les han aparecido, las pobres están que parecen un volcán en erupción, pero a mí de momento me han dejado en paz. Y ahora, bueno, diríamos que mi cuerpo y yo pasamos por una etapa de coexistencia pacífica. ¡Espero que dure! Porque ahora, en palabras de mi madre, «aún se tiene que ajustar tu cuerpo a los ciclos de la luna». Ése me parece que será un cambio realmente importante, pero mejor será que no adelante acontecimientos y que espere a que vaya llegando cada cosa a su tiempo.

Creo que, sin embargo, en todo este asunto las chicas encontramos más dificultades que los chicos. O nos las inventamos con ridiculeces, no lo sé, pero lo cierto es que están ahí. Como, por ejemplo, no poder llevar a clase la blusa blanca tan bonita que me regaló mi tía, y todo porque transparenta y entonces se me ve el sujetador debajo. O los cambios en las relaciones con los compañeros, incluso con los de la pandilla, que son amigos míos desde niños. Es como si fuera creciendo una sutil frontera, una frontera que no nos separa pero que, de alguna manera, hace que nos comportemos de forma diferente. Nosotras, seguro; y ellos también.

Me doy cuenta de que ciertas cosas no tendrían que ser así. En este aspecto los de mi pandilla somos afortunados, por lo menos continuamos juntos y conservamos nuestra amistad. Aunque los mayores tienen mucha culpa, porque huyen de este tema como del fuego. Como el profesor de Ciencias de este curso, parece mentira, que se saltó el tema de la reproducción cuando nos tocaba y nos dijo que lo leyésemos por nuestra cuenta. «Nos explica con todo detalle el origen de las galaxias y no nos habla del nacimiento de un niño», había comentado Raquel. Parece mentira esto, estando como estamos casi a comienzos del siglo XXI.

Y no se salva nadie de entre los adultos, aunque no todos sean iguales. Raquel, por ejemplo, no se atreve a comentar nada con sus padres. Yo tengo suerte con mis padres, que siempre me han contestado a todo lo que les he preguntado sobre temas sexuales. Sin embargo, no me atrevo a contarles que la otra tarde estuve a solas con Luis en el palomar, seguro que reaccionarían prohibiéndome salir o algo parecido. Pero yo sé que no hay nada malo en que prefiera estar con Luis, que me guste conversar con él, saber de su vida, tenerlo como amigo. O que me ocurra como ahora mismo, que me entran ganas de abandonarlo todo, cerrar los ojos y dejar que aparezca él en mi pensamiento, igual que una imagen fija grabada en el cerebro.

Resulta extraño este cambio de niña a adolescente. Porque no son solamente los cambios externos, noto muy bien que en mi interior también se están transformando muchas cosas. Hay sensaciones nuevas que me encantan, me parece maravilloso que me ocurran estos cambios: que me guste tanto Luis, que ahora comprenda mejor la manera de actuar de las personas, que los mayores se relacionen de otra forma conmigo. Pero también hay partes que no me gustan nada, sobre todo esta irritación absurda que siento por dentro algunas veces, este no poder evitar que lo que hago esté en contradicción total con lo que me gustaría realmente haber hecho. Hay veces en que noto perfectamente que ni yo misma me entiendo. Como el otro día, cuando me enfadé muchísimo con mi padre, e incluso le grité; pobre, se le notaba que no entendía lo que ocurría. Y todo por una tontería, porque me cogió los folios verdes que yo tenía guardados para presentar un trabajo de Ciencias. Menudo lío armé, total para nada, después bien que me arrepentí. Cuando le pedí perdón, me dijo que no tenía importancia, que él no había actuado bien revolviendo en mis carpetas sin decírmelo y que tenía derecho a contar con mis propios objetos personales. Pero aún hoy me desazona recordar lo abatido que se había quedado cuando le armé tal espectáculo.

¡Pero ya se me ha ido el santo al cielo! Todo el tiempo se me va en recordar, parece mentira lo que puede despertar una foto como ésta. ¡Qué bien lo habíamos pasado ese día en la playa! Fue en la excursión de fin de curso, al acabar sexto. Nos habían llevado a la playa de Viveiro, un inmenso arenal y tuvimos suerte con el tiempo, con un sol que hasta nos permitió bañarnos, pese a que el agua estaba bastante fría.

Pero... ¡si ésta que está aquí en la foto es la *Víbora*! ¡Uf! Ya no sé si colocarla o no en el álbum. Mira, aquí está, medio oculta por la directora, ni me acordaba de que hubiese venido con nosotros en esta excursión. Porque el año pasado no nos daba clase; ahora recuerdo que incluso estuve simpática con ella en el viaje, aún no sabía lo que iba a ocurrir este curso. Bueno, sabía que los mayores hablaban mal de ella y que estaba siempre con una cara que parecía que continuamente le doliese algo. Pero una cosa es lo que te cuentan y otra lo que ves. Y este curso la tomó con Luis desde el primer día de clase, yo pensaba que era porque repetía curso, pero en seguida se vio que no, que no lo dejaba ni respirar aunque él hiciese todo lo posible por atender y portarse bien. Y después, lo del dibujo ya fue descarado, aquí comenzó a tenerme ojeriza a mí, aunque le resulta difícil reñirme, porque en clase estoy siempre atenta y saco buenas notas.

Mira que nuestro tutor es una bellísima persona, que nunca se mete en nada, pero aquella temporada, que además coincidió con la época en que Luis y yo comenzábamos a tratarnos más, no nos dejó en paz con el lío del dibujo. Estoy segura de que todo lo que el tutor le contó a mi madre había salido de la *Víbora,* a ver, si no, cómo lo sabía él. Y todo porque yo había defendido a Luis en la clase; lo que la contrarió enormemente; pero hubiese hecho lo mismo aunque no fuésemos amigos, pues aquello era una injusticia.

Cada vez que lo recuerdo, como ahora, aún noto que el cuerpo se me llena de rabia. Había sido una mañana que nos tocaba clase de Matemáticas después del recreo. Al entrar en el aula, había aparecido encima de la mesa del profesor un papel con una víbora pintada, mostrando su aguijón. La víbora tenía gafas y unos pechos pequeños, se veía claramente que era una caricatura de la *profa*. En cuanto la *Víbora* lo vio, comenzó a dar gritos y a insultarnos, con el rostro enrojecido. Y se empeñó en decir que había sido Luis, echándole la culpa sin prueba alguna, sólo porque era repetidor y ya lo traía a maltraer desde el curso pasado. Y no podía ser cierto, en aquel recreo Luis había estado conmigo en la biblioteca. Y entonces yo, no como amiga, sino como delegada, salí en su defensa. ¡La que me organizó también a mí!

En seguida me olvidé de todo, pero, a los pocos días el tutor llamó a mi madre, y le estuvo contando, vete tú a saber qué cosas, que creo que mi madre no me lo ha contado todo. Pero esa cantinela de alejarme de las malas compañías y de que todavía soy muy joven para salir con chicos son cosas de la *Víbora,* que le calentó la cabeza a don Daniel. Porque nuestro tutor no es amigo de cotilleos, más bien todo lo contrario, ni tampoco de enfadarse con nosotros. Durante todo el curso sólo recuerdo que se haya enfadado una vez, y fue al ver una cruz gamada que tenía Enrique pintada en el cuaderno. Qué cabreo cogió don Daniel entonces, la verdad es que Enrique estaba avergonzado, porque tampoco entendía bien a santo de qué le estaba cayendo aquella bronca.

Después yo lo comenté en casa con mi padre y entendí un poco mejor al profesor, pero tampoco se puede pensar que Enrique sea un nazi ni nada parecido, que incluso, al lado de la cruz, llevaba pintado también el símbolo de la paz, ése que inventaron los *hippys* cuando mis padres eran jóvenes. Sé muy bien que la cruz gamada era el símbolo de los nazis y que éstos cometieron muchas barbaridades, no hay más que recordar los campos de concentración. Pero la verdad es que por el colegio, en las puertas de los servicios de abajo, o en muchos pupitres de los chicos, está pintada la cruz gamada. Y creo que no la pintan por lo del nazismo, sino porque es simétrica y resulta fácil de dibujar, y porque muchos creen que trae buena suerte. «¿Buena suerte? Que se lo pregunten a los seis millones de judíos que han asesinado», me había dicho mi padre cuando se lo comenté.

Al final, pondré esta fotografía en el álbum a pesar de todo, me da lo mismo que salga la *Víbora*. Aquí estoy yo y aquella etapa de mi vida fue importante. Una se acostumbra a todo, también a los cambios. «Aún están empezando, pero tienes que aceptarlos, es ley de vida», dice mamá. Casi me da pena decir adiós a esta niña que está aquí en la fotografía, tan distinta a como soy ahora.

11. La noticia tan temida

Los nervios de Blanca estaban a punto de estallar. Habían dado ya las ocho en el reloj de la iglesia y Raquel no acababa de aparecer. ¡Cuánto estaba durando el Consejo Escolar de hoy!

En las últimas semanas, Raquel visitaba a Blanca cada dos o tres días. Lo hacía siempre a la salida de clase, y últimamente le traía también una hoja de apuntes de cada una de las materias por si, ahora que estaba un poco mejor, Blanca quería ir ojeando los libros y trabajando en alguna cosa. Había sido anteayer cuando Raquel le había dicho lo del Consejo Escolar, y además le había mostrado el papel de la convocatoria, con un breve orden del día: «*Punto único:* Medidas disciplinarias que se han de adoptar en el caso del alumno Luis Sánchez Aneiros».

Blanca y Raquel formaban parte del Consejo Escolar desde el curso anterior, en representación de los alumnos. Había dos alumnos más, de séptimo, y los restantes miembros eran ya personas mayores: profesores del centro y padres y madres, además del conserje y de la representante municipal. La *Víbora* era una de las profesoras que formaba parte del Consejo, y las muchachas ya en otras ocasiones habían podido comprobar que también allí aprovechaba cualquier situación para soltar una parte de su veneno contra los alumnos que no le caían bien.

Unos días antes, charlando sobre el tema, Raquel le había dicho:

—Lo peor es que no podríamos hacer nada aunque estuvieses sana y pudieses asistir. Propondrían una votación y, visto lo sucedido en el Consejo anterior, los mayores le darán todos la razón a doña María. Y ella ya lo viene anunciando por las clases desde que expulsaron a Luis: no piensa parar hasta que lo echen definitivamente del colegio.

Había sido en aquella conversación cuando Blanca se había dado cuenta de que Raquel sabía bastante más de lo que ella creía acerca de su relación con Luis. No quiso decirle nada, pero tampoco desmintió las insinuaciones de su amiga. ¿Por qué habría de hacerlo? Estaba segura de la lealtad de Raquel, tenía la certeza de que por aquel lado no se iba a descubrir su secreto. Al despedirse, había prometido que después del Consejo Escolar pasaría por allí sin falta, para contarle el resultado.

Sobre las ocho y media sonó el timbre de la puerta y la madre de Blanca fue a abrir. Desde la habitación, la chica escuchó la conversación que mantenían su madre y Raquel.

—¡Raquel! ¿Cómo vienes tan tarde hoy?

—Es que hemos tenido Consejo Escolar, y ya sabe que siempre acaban tarde. ¿Puedo pasar a ver a Blanca? Le quiero contar lo que se ha decidido.

Blanca ya no sabía disimular los latidos temerosos de su corazón. Cuando Raquel entró, siempre con su madre detrás, hizo esfuerzos para poner una sonrisa de alegría. Su amiga se sentó en la cama y le dijo:

—No se pudo hacer nada. Le han expulsado hasta fin de curso. Solamente le permitirán la entrada si desea hacer los exámenes de junio, pero no puede volver al colegio, aunque quiera.

—¿A quién han expulsado? —preguntó la madre de Blanca, muy intrigada.

—¿No le has contado nada, Blanca? —preguntó Raquel, y haciéndose cargo de la situación, añadió—: ¡Claro, como has estado enferma!

Blanca no habló, temía que su madre notara las emociones que sentía. Miró para Raquel con una muda petición de ayuda. Y comprendió cómo su amiga estaba pensando rápidamente lo que tenía y lo que no tenía que decir y aquello que convenía callar. Raquel mirando a su madre, explicó:

—Han expulsado a un compañero de clase. Luis, el del palomar.

—¡El del palomar! ¿Y qué ha hecho para que lo expulsen?

—Pues, según dicen, Luis escribió una nota insultando a la directora y la dejó encima de su mesa. Y después, cuando estaba en su despacho, comenzó a insultar a la *Víbora* y además quiso pegarle; si no lo sujetan, le da unas buenas bofetadas.

—¿Y quién es la *Víbora*?

—La *Víbora* es doña María, todos la llamamos así. Y entonces, después de esto lo expulsaron por un mes. Como el plazo se cumplía ahora, el Consejo Escolar ha decidido expulsarlo para lo que queda de curso. Y como ya ha repetido dos años, resulta que no podrá regresar al colegio nunca más.

—¡Vaya pieza debe de ser ése del palomar! —comentó su madre—. ¿No había tenido ya otros conflictos?

—No es mal chico, ¿verdad, Blanca? Lo que sucede es que algunos profesores, sobre todo doña María, la han tomado con él, no sé por qué, a mí me parece que eso viene de antes. Luis es muy impulsivo, siempre dice lo que piensa a la cara. Pero es un buen compañero y lo veo muy legal. A mí no me cae mal, la verdad.

—Pues a mí me cae muy bien, esta expulsión es la más grande injusticia que he visto en mi vida —dijo Blanca, mientras hacía esfuerzos por no llorar.

Su amiga se quedó un rato más, hablando de otras cosas. Blanca hizo lo posible por atenderla y por disimular delante de su madre, pero casi no sabía de qué hablaban. La certeza de la expulsión, la injusticia cometida, la maldad de la *Víbora,* la imposibilidad de descubrirle la trampa que había preparado... ocupaban la cabeza de Blanca. Cuando Raquel se fue y su madre abandonó la habitación, se tiró en la cama y apagó la luz de la lámpara. Las ganas de llorar, contenidas pero irresistibles, se fueron abriendo camino hasta sus ojos.

¡Atrapado! ¡Luis estaba atrapado y no había ningún modo de liberarlo! Como la paloma que el azor se llevó limpiamente, el día que estaba en el palomar con Luis. La imagen se instaló en su cerebro y permaneció allí durante un tiempo, como una foto fija que no puedes dejar de mirar. Aquella tarde, cuando Luis y ella estaban contemplando los tejados de las casas desde el palomar, se dieron cuenta de que en un momento dado todas las palomas se habían quedado quietas, como si alguien las hubiera hipnotizado. El chico, que ya debía de conocer la causa de aquella reacción, levantó la vista hacia el cielo y le señaló a Blanca un pequeño punto negro, allá arriba en lo alto, en dirección al monte de Breamo. «¡Mira, es un azor! Las palomas ya lo han visto y están atemorizadas.» De repente, cuando los dos lo estaban mirando, el azor plegó sus alas y bajó en picado, igual que un obús. En un abrir y cerrar de ojos vieron cómo el azor pasaba velocísimo a poca distancia de ellos y se dirigía hacia un tejado próximo, donde descansaba una paloma común. La paloma ni se enteró de que se acercaba el ave de rapiña, que llegaba como un rayo. Se produjo un impacto y, cuando el azor remontó el vuelo, ahora subiendo en círculos y más lentamente, llevaba en sus garras el cuerpo sin vida de la paloma. Blanca se había abrazado a Luis, horrorizada. Los dos permanecieron unidos, en silencio, mientras a su alrededor las palomas volvían a moverse como si nada hubiera ocurrido e incluso se atrevían a ensayar tímidos vuelos por encima de la terraza.

La paloma y el azor, Luis y la *Víbora*. Era una semejanza que Blanca no podía apartar de la cabeza. Le estaba dando vueltas a esta idea cuando su madre entró en la habitación y encendió la luz.

—Blanca, ya son las diez y tienes que cenar algo. Vamos, no dejes que te venza el sueño ahora.

—No tengo ganas, mamá. Me siento algo cansada.

—Te traeré únicamente un poco de merluza y después te duermes. Ah, ha llamado doña María, quería hablar contigo. Pero le he dicho que estabas durmiendo y entonces me ha pedido que te diera un recado, puesto que eras del Consejo Escolar y que te interesaría.

—¿Qué te ha dicho? —el sueño se había desvanecido de repente al oír el nombre de la *Víbora*.

—El recado era para que supieras la expulsión de Luis. Le he dicho que ya lo sabías, que había estado aquí Raquel.

—¿Y no te ha comentado nada más?

—Sí. Me dijo que las noticias corrían muy deprisa, lo extraño es que me lo ha dicho con algo de retintín. ¡Esta María no debe de estar muy bien!

«¡Sí que estaba bien, sí! Lo que pasa es que

en algunas ocasiones el veneno no cae donde ella quiere», pensó Blanca. «Aunque en esta ocasión, puede estar satisfecha, ha conseguido lo que deseaba: no tendrá que volver a aguantar a Luis en sus clases. ¡Si hubiese algún modo de descubrir la verdad! Pero sólo Luis y yo sabemos lo que pasó. Y la *Víbora,* claro. Y en esto Luis lleva razón; es más prudente callar porque, palabra contra palabra, seguro que nunca nos creerían.»

12. Una conversación en el palomar

Pues ahora pongo aquí la fotografía de Luis. Y si la ve mi madre y se enfada, me da lo mismo. Era lo que me faltaba, que ahora también le fallase yo, después de todo lo que está pasando. Éste es mi álbum de fotografías y Luis es algo más que un amigo cualquiera. Sería una traición andar con disimulos, como si no ocurriera nada. No tengo por qué participar yo también en las mentiras. Se acabó.

Está guapo Luis en esta fotografía. Se la saqué aquel sábado, poco antes de enfermar, cuando estuve con él en el palomar. Fue cuatro días después del lío del anónimo y acababan de expulsarlo del colegio. Me resultaba todo muy extraño y tenía ganas de hablar con él. Algo me decía que aquello no era posible, a Luis no le va eso de escribir anónimos ni de andar con chismes por detrás.

Me costó mucho trabajo ir a verlo, lo recuerdo muy bien. Quería ir sola, no acababa de decidirme ni encontraba tampoco una oportunidad apropiada. Sentía necesidad de verlo, quería preguntarle si era cierto todo lo que se contaba, aunque de antemano tenía mi propia respuesta, Luis era demasiado buena persona para actuar de una manera tan cobarde. Pero aun sin quererlo, la sombra de la duda se colaba a veces dentro de mí.

Aquel día, después de almorzar, le dije a mis padres que iba a casa de Raquel, que teníamos que hacer un trabajo juntas. La había avisado antes para preparar la coartada por si llamaban desde mi casa, creo que fue entonces cuando empezó a sospechar que había algo más; aunque me negué a decirle nada.

Llegué a casa de Luis y pregunté por él. Su madre me recibió amablemente, se acordaba perfectamente de mi cara por la visita que había hecho con Raquel al palomar. Me dijo que Luis estaba arriba, en la terraza, dándoles de comer a las palomas, y me invitó a que subiera allí. A todo correr subí aquel montón de escaleras y llegué a la puerta que da a la terraza, que estaba abierta. Cuando salí, en seguida me encontré con la mirada de Luis, que debía de haber oído el ruido de mis pasos. Se le iluminó la cara y vino hacia mí. Me cogió las manos y me dijo que se alegraba mucho de verme, que hacía días que tenía ganas de hablar conmigo, tenía que contarme algo muy importante.

Nos sentamos en el banco de madera, se estaba bien allí. El sol era tibio y las palomas estaban tranquilas, paseando cerca de nosotros.

—¿No creerás todas esas patrañas que cuentan acerca de mí, Blanca? Porque es una mentira —la mirada de Luis era triste, igual que lo eran sus palabras—. Bueno, no todo. Que le he querido pegar a la *Víbora* es verdad. Pero fue por la rabia que me entró.

—¿Rabia, por qué?

Luis se calló un momento y temí que no contestase a mi pregunta, que se encerrase en sí mismo, mudo, como hacía a veces en clase. Pero en seguida dijo:

—Mira, tengo que contarte todo desde el principio y es un poco largo. ¿Quieres escucharlo?

Él ya sabía que sí, que ésa era la razón principal por la que estaba allí. Y entonces Luis, haciendo esfuerzos por contármelo de manera ordenada, me dijo cómo había ocurrido todo.

—Mira, ahora estoy convencido de que todo debió de empezar unos días antes de aparecer el anónimo. Una mañana, después del recreo, no sé si lo recuerdas, yo falté a clase de Matemáticas.

—No me acuerdo, pero da igual, sigue.

—Pues en realidad no falté. No tenía ganas aquel día de aguantar esa lata de las ecuaciones con los números abajo y a mí no me salen, no las entiendo. Y estaba seguro de que me iba a llamar a la pizarra, solamente para dejarme en ridículo delante de la clase. Así que, aprovechando que estaba el *Tapón* de guardia en el recreo, le pedí permiso para subir y, antes de que vosotros volvieseis, me metí en el armario de la ropa, el que está al final de la clase, y me acomodé para pasar allí la hora entera.

—¿Te metiste en el armario de la ropa? ¿Y no hubiese sido mejor salir y hacer campana?

—Si hubiese podido, sí. Pero ya sabes cómo vigilan ahora las salidas y resulta difícil hacerlo. Además, lo de meterme en el armario ya lo había hecho otra vez, el curso pasado. Un poco incómodo sí que es, pero si te colocas al lado de la ventana, es casi imposible que te vean.

—¿Y cómo haces para salir después?

—Eso es lo más fácil. Espero a que salga todo el mundo de clase y, cuando ya no queda nadie, salgo. Entonces, bajo y me mezclo con la gente del comedor, que siempre tarda algo en entrar.

—Bien, ¿y qué pasó después? —me había hecho gracia lo del armario pero no quise interrumpirlo.

—Pasó que en clase de la *Víbora* preguntó por mí, pero nadie supo dar razón de mi ausencia. Parecía que aquel día estaba particularmente enfadada, porque os puso un montón de actividades y os obligó a trabajar toda la hora. Al acabar la clase, salisteis todos y me preparé para hacer lo mismo. Solamente tenía que esperar la salida de la *Víbora* y dejar que transcurrieran unos cinco minutos. Después el campo estaría libre.

—¿Y qué tiene que ver todo esto con la expulsión?

—Espera un momento, que te lo cuento ahora. Como desde el armario se puede ver lo que pasa en la clase por una pequeña rendija que hay en la madera, yo, que estaba atento, mirando por el agujero, vi cómo la *Víbora* permanecía un rato sentada en la mesa, como ocupada en algo, y que después se levantaba y cerraba la puerta de clase.

—¿Te quedaste encerrado en clase?

—No, mujer, cerró por dentro. Se dirigió después hasta mi sitio y comenzó a revolver mi pupitre. Aquello me llamó la atención, así que intenté por todos los medios ver bien lo que hacía. Tuve suerte, sabes que me siento en la penúltima fila. Yo estaba quieto, en silencio, procurando no hacer ningún ruido que me delatase. Vi cómo revolvía en mis cosas y, finalmente cogió un cuaderno y arrancó una hoja. Después estuvo escribiendo, pensé que me estaría corrigiendo los ejercicios o algo así. Pero a continuación me cogió un sobre de ésos tan bonitos que tengo, introdujo el papel, lo cerró, y escribió algo por fuera. Después volvió a guardar todas las cosas, eso pensaba yo, y salió de la clase. Fue entonces cuando aproveché para escapar, muy despacio, escaleras abajo hasta llegar al patio. Y me vine para casa. Pasados unos días, por la tarde, poco después de entrar en la escuela, fue cuando me vinieron a avisar de que me presentara inmediatamente en dirección.

—Sí, recuerdo perfectamente cuando te llamaron, acababa de empezar la clase de Lengua —dije con cierta aceleración, pues comenzaba a sospechar la continuación del relato—. ¿Y qué sucedió en dirección?

—Entré allí y la directora me dijo que me sentase. Estaba muy seria y sofocada, ya sabes cómo se pone cuando se enfada. Y entonces me dice que acaba de encontrar una carta encima de la mesa de su despacho, una carta sin firma, y que me la quiere enseñar, por si la puedo ayudar a averiguar quién la había escrito. Cogí la carta que me entregaba y la leí. Estaba escrita en una hoja de mi cuaderno, es inconfundible, ya lo sabes, es ése tan bonito que me había traído mi tía de Barcelona esta Navidad. Además, la letra se parecía muchísimo a la mía. Y allí estaba escrito... tú sabes qué... Vale, yo hablo así algunas veces, es verdad, lo reconozco. Pero una cosa es hablar y otra escribir. Además, ¿por qué razón le iba a escribir esas cosas a la directora? Yo sé que me suspende, y que una vez les escribió una carta a mis padres avisándoles de mi comportamiento, pero aun así me cae bien, se nota claramente cuándo una persona actúa solamente para molestarte o lo hace porque tiene que cumplir con su deber.

—¿Qué hiciste entonces?

—Pues le dije que no sabía quién había escrito aquello. Y va ella y manda ir a buscar a la *Víbora,* que estaba en la sala de profesores. Y entró la tía, con esa sonrisa maligna que pone cuando sabe que te tiene bien cogido, y la directora le dijo: «María, ¿quieres traer, por favor, la cartera de Luis?». La *Víbora* salió del despacho y volvió al instante con mi mochila, siempre con esa cara de hipócrita. La directora sacó el cuaderno de mi cartera, cogió a continuación el papel de la carta y me dijo: «¿Crees que esta hoja puede ser de este cuaderno?». «Yo qué sé», le contesté. Aunque estaba claro que no podía ser de ningún otro, pues debe de ser el único así que existe en el colegio. Continuó revolviendo en la cartera, parecía que estaba avisada, y sacó otros tres sobres iguales al que contenía la hoja. Y entonces me dice: «¿Crees que estos sobres hacen juego con el de la carta?». Yo dije que sí, que eran iguales, pero que como ésos había muchos en la librería de la plaza. Era mentira, pues yo los había comprado un día que fui con mis padres a Alcampo, pero algo tenía que decir para salir del paso. Fue en aquel momento, de repente, cuando lo comprendí todo.

—¡Pero entonces todo fue planeado por doña María!

—Exacto. ¡Era una trampa de la *Víbora*! Además, era perfecta. Ahora sí que me tenía bien cogido. Y no pienses que se cortó nada. Porque entonces la tía, con esa cara de inocente que sabe poner cuando quiere, cogió la hoja y mi cuaderno y comenzó a observarlos como si se tratara de un detective de cualquier película. Estuvo así un rato y a continuación comentó que las letras sí que se parecían, que las *pes* y las *bes* eran exactas. La directora le cogió los papeles y me los puso delante. Era cierto. ¡Aquella condenada había imitado perfectamente mi letra! Entonces me entró tal rabia, tanta, que me lancé a su cuello gritándole «tramposa, mentirosa».

—¡La verdad es que se lo merecía! —intervine indignada.

—Pues ahora pienso que no debí hacerlo, que estuvo mal; tendría que haber sido más astuto, como ella. Pero no fui capaz. Cuando la agarré, comenzó a gritar, y entonces entraron don Víctor, el de quinto, y también don Manolo, el de gimnasia, y me sujetaron entre los dos. Quizá haya sido mejor así, porque si no me sujetan, la ahogo. Luego llamaron por teléfono a mis padres, que llegaron al cabo de un rato. Les dijeron que quedaba expulsado preventivamente y que no podría volver hasta que se tratara mi caso en el Consejo.

Luis se quedó callado, quizá aguardando mi reacción. Y lo único que conseguí hacer, mientras intentaba que las lágrimas de rabia no me asomaran, fue acercarme a él y darle un abrazo callado e intenso, con el que quería demostrarle que sí le creía, y que estaba a su lado. No sé cuánto rato pasamos así, abrazados y quietos, dejando que el tiempo resbalase sobre nosotros. Era igual, una eternidad o un instante.

Los dos sabíamos que lo importante era el vínculo de amistad que habíamos construido entre nosotros.

13. Esperando un tiempo nuevo

Acaba por fin mi enfermedad y acaba este álbum, al menos por ahora. Esta última fotografía es de hoy mismo, maravillas de la técnica, aún no hace ni dos horas que me la sacó mi madre con la *polaroid*. Y aquí estoy, con el conjunto nuevo que voy a estrenar mañana. ¡Qué bien me sienta! Tiene razón mi madre, es verdad que he crecido y he engordado algo en estos dos meses, pero me sienta bien. Ya tengo ganas de que pase esta noche y llegue el momento de salir a la calle otra vez.

Porque mañana voy a salir, después de casi dos meses de estar encerrada en casa. Anteayer me estuvo examinando don Carlos y dijo que ya me podía considerar completamente curada, que sería conveniente que empezase a salir, aunque debía ser poquito a poco, hasta que me vaya acostumbrando de nuevo. Yo quería bajar aquel mismo día, pero mamá me convenció de que esperase hasta el sábado, que así podíamos salir las dos por la mañana y dábamos una vuelta, aprovechando el buen tiempo de estos días. Por eso, hoy por la tarde me he probado el conjunto que me habían regalado por mi cumpleaños, para ver si me sentaba bien o había que arreglar algo antes de ponérmelo. Pero me quedaba tan bien que mi madre no se pudo aguantar y fue a su cuarto a por la *polaroid*, casi nunca la usa, pues dice que las fotografías no salen nada bien, y me sacó varias. Pero ésta es la que más me gusta y la voy a poner en el álbum. Como si fuese la última pieza del puzzle que he estado construyendo a lo largo de estos días.

Así que ésta soy yo ahora mismo. ¡Hola, Blanca! Aún no han pasado dos meses desde que tuve que guardar cama, pero me parece una eternidad, como si fuera mucho más. Cuando caí enferma aún hacía frío y apenas comenzaban a reverdecer los árbores. Ahora, desde la ventana, miro hacia el parque y veo los árboles cubiertos de hojas nuevas, de un verde como transparente. Hay también otra luz, se ve claramente que ha llegado una vez más la primavera. Y tengo la sensación de que durante estas semanas he estado fuera del mundo, no sé cómo decirlo, como si hubiese sido una espectadora de la vida, de una vida que transcurría más allá de los cristales de mi ventana. Como la sensación de haber estado en tierra de nadie.

Digo «en tierra de nadie» y me vienen a la cabeza historias de papá. Es curioso, ahora mismo recuerdo la explicación que me dio cuando le pregunté qué quería decir eso de *tierra de nadie*. Y me contó cómo en las guerras, cuando había dos ejércitos enfrentados, cada uno ocupando su lugar, con sus trincheras, su organización y sus soldados, existía siempre una ancha porción de tierra entre las trincheras de uno y otro bando. Ésa era la tierra de nadie. La más peligrosa, puesto que, si alguien caminaba por ella, quedaba expuesto a los disparos de uno y otro lado. Así que, bien mirado, no puedo decir que estuviese entre dos fuegos, pero sí que he sido espectadora de las cosas que ocurrieron estas semanas, sin poder participar en ellas aunque deseara hacerlo intensamente.

Participar no, pero pensar, sin embargo, he pensado muchísimo. Ha transcurrido mucho tiempo y he podido reflexionar sobre todo. Ciertamente me ha ayudado el álbum de fotografías, de alguna manera reconozco que he conseguido entender algo más mi vida y quizá tenga una imagen más coherente de mí misma.

Noto mis cambios también por dentro, como si me hubiese hecho mayor. Noto que he aprendido mucho, aunque haya estado aquí sola tantas horas. A veces tenía la impresión de que mientras estaba en la cama el tiempo quedaba en suspenso, y que cuando llegase este día, ya curada, regresaría a clase igual que el día en que hace dos meses dejé de ir. Dos meses pueden no parecer gran cosa, pero también pueden ser una enorme distancia, como en este caso. Yo soy la Blanca que me mira desde esta fotografía, y ninguna de las dos nos parecemos a la niña que enfermó de hepatitis cuando casi acababa el invierno.

Soy otra persona, y veo muchas cosas de otra manera. Veo de otra manera a Luis y nuestra amistad, que dejará de ser subterránea. Se ha acabado la hipocresía y, si somos verdaderamente amigos, no lo puedo dejar solo en estos momentos tan duros, en que parece que todo se le ha puesto en contra. Creo que las palomas acabarán siendo también buenas amigas mías, porque pienso visitarlo siempre que tenga un rato libre.

Y veo también de otra manera a mis padres. Por una parte, ha sido bonito permanecer en casa tanto tiempo, y me ha servido para entenderlos un poco mejor. Ver, por ejemplo, a mi padre en casa todas las mañanas, y poder hablar con él de forma distinta, tranquilamente. Antes, al regresar de la escuela, sólo veía la comida en la mesa, sabía que la había hecho él, pero no le daba más importancia. Ahora, durante estos días, he visto sus idas y venidas, del cuarto de trabajo a la cocina, desviándose por mi habitación cuando podía, en un intento de que no me sintiese sola. Y estas tardes tan largas han servido para que mi madre y yo hablásemos como amigas de muchas cosas. No sé, valoro todo de un modo diferente y me parece que por dentro tengo más ganas de vivir.

Y veo de otra forma a la gente, también a la del colegio. Ahora ya sé que puede haber una *Víbora* en cualquier sitio y que, aunque la mayoría de las personas sean buenas, hace falta también estar en guardia, para evitar que sea la mentira la que acabe triunfando, como en el caso de Luis.

Pero, sabiendo todo esto, siento aún mayores ganas de curarme y de volver a hacer la vida de todos los días, tan hermosa. Quiero sentir el olor a pan fresco cuando paso por las mañanas por delante de la panadería. Tengo ganas de pasear con la pandilla, de estar en clase, de aburrirme con las explicaciones del *Tapón*. Quiero pasear por las calles y ver la cara de la gente que pasa a mi lado. Quiero volver a moverme entre las estanterías de la biblioteca, rebuscando algún libro que me atrape cuando lo lea. Tengo ganas de ir en bicicleta otra vez y de recorrer los caminos de Vilar, sintiendo el viento en la cara y en mis cabellos. Tengo ganas de que llueva y de que las gotas mojen mi rostro, ahora que ya no hace el frío del invierno. Quiero dejar de ser una espectadora, escondida detrás de los cristales de mi ventana.

Pero tengo aún más ganas de que lleguen estos años que vendrán. Estos años durante los cuales me iré haciendo mayor y en los que me sucederán tantas cosas. Quiero estudiar, y conocer a otras personas, y contribuir a que cambien las cosas y a que el mundo en que habitamos sea diferente. Siempre me lo dice mi padre: «Sois las personas del siglo XXI. A ver si lo hacéis mejor que nosotros, pues ya veis el caos que os dejamos». Me haría falta que mis días tuviesen más horas, para tener tiempo para todo lo que quiero leer, lo que quiero ver, lo que quiero escribir. ¡Tengo unas ganas inmensas de conocerlo todo!

Y tengo la certeza de que será así. Sé que abandono un territorio, está claro que ya no soy una niña y que estoy cerrando una etapa de mi vida. Este álbum es testigo de ello, aquí está todo lo que me ha ocurrido hasta ahora. Es verdad que a veces tengo miedo de crecer y creo que estaría más segura aquí detenida en la infancia, refugiada en ella como en las imágenes fijas de este álbum. Pero ya ha pasado el tiempo en que Peter Pan era mi héroe favorito. Y ahora sé también que, después de cruzar esta tierra de nadie, me espera un tiempo nuevo, en el que nada será igual. Un tiempo nuevo. ¡Qué impaciencia!

COLECCIÓN PERISCOPIO

César Mallorquí, *Las Lágrimas de Shiva*
José María Latorre, *La isla del resucitado*
Javier Negrete, *Memoria de dragón*
Alfredo Gómez Cerdá, *A través del cristal empañado*
Pau Joan Hernàndez, *La Tripulación del Pánico*
Cristina Macía, *Una casa con encanto*
Andreu Martín, *Ideas de bombero*
Elia Barceló, *La roca de Is*
César Mallorquí, *La puerta de Agartha*
Andreu Martín, *Los dueños del paraíso*
José Mª Plaza, *No es un crimen enamorarse*
Jordi Sierra i Fabra, *El asesino del Sgt. Pepper's*
Germán Diéz Barrio, *Un verano... faxcinante*
Lola Gándara, *La oscura luz del Tíber*
Alice Vieira, *Chocolate con lluvia*
Blanca Álvarez, *Tres besos*
Jordi Sierra i Fabra, *Donde el viento da la vuelta*
Gabriel García de Oro, *Un ataque de risa*
Laura Gallego, *La hija de la noche*
Fernanda Krahn Uribe, *El otro techo del mundo*
Pere J. Carbó, *La corta-rápid*
Malcolm Rose, *Dosis letal*
Joan Manuel Gisbert, *La Voz de Madrugada*
María M. Vassart, *¿Y ahora qué?*
Fernando Lalana, *El enigma N.I.D.O.*